www.ingramcontent.com/pod-product-compliance
Lightning Source LLC
Chambersburg PA
CBHW070534100726
47907CB00004B/1120

پسر نوش‌آفرین

(روایتی نیمه تاریخی از دوران کودکی رضاشاه)

شکوه میرزادگی

The son of Noshafarin
(A semi-historic account of Reza Shah's childhood)
Author: Shokooh Mirzadegi

Copyright © 2024 Shokooh Mirzadegi
All right reserved.
No part of this book may be reproduced in any form including the right of
reproduction in whole or in part without permission from the author
First Edition 2024
Nestor Rakhshani:Cover image
First Edition in Europa 2024 Forough Publishing

پسر نوش‌آفرین

(روایتی نیمه تاریخی از دوران کودکی رضاشاه)

نویسنده: شکوه میرزادگی

نقاشی روی جلد: نستور رخشانی

ISBN:978-1-59584-832-1

Ketab Corporation
12701 Van Nuys Blvd., Suite H,
USA 91331,CA ,Pacoima
www.ketab.com

Forough Publishing
Jahnstr. 24, 50676 Köln, Germany
www.forough-book.com

3 2 3 4 5 6 7 8 24

این کتاب با همکاری و توافق شرکت کتاب (آمریکا) و انتشارات فروغ (آلمان) و با آگاهی نویسنده،
خانم شکوه میرزادگی، در آمریکا و اروپا چاپ شده است.

پیشکش به زنان زادگاهم ایران، تا ریشه‌های
یکـی از آغازگاهـان برآمـدن خـویش در دوران
معاصر را تماشا کنند؛ برآمدنی که هنوز هیچ
تاریکی نتوانسته آن را خاموش کند.
همچنـین بـا سپـاس از Ms Celine کـه از او
آموختم چگونه می‌شود از پل بین واقعیت و
خیال گذشت و به حقیقت رسید.

فهرست

سخنی با خوانندگان

در پی انقلاب ۱۳۵۷ در ایران و پیوستنِ ناگزیرم به جمع تبعیدیان، برآن شدم تا کتابی درباره رضاشاه بنویسم؛ زیرا برایم روشن بود انقلابیون ویرانگری که پس از برپایی حکومت اسلامی، حتی آرامگاه او را با خاک یکسان کردند، چیزی از دستاوردهای مدرن و گوناگونِ او را باقی نخواهند گذاشت.

البته من از روزگارِ نوجوانی، با شنیدن خاطرات حیرت‌انگیز از پدرِ ارتشی‌ام درباره دوران رضاشاه، و مقایسه‌ی آن با دوره قاجار، به رضاشاه علاقمند بودم. بعدها با شناخت بیشتر تاریخ به این باور رسیدم، که اگر از زن بودن خودم شرمنده نیستم و اگر می‌توانم برای به‌دست آوردن خواسته‌هایم تلاش کنم و حتی بجنگم، نتیجه‌ی حضور شخصی‌ست به نام رضاشاه؛ رهبری که با همه بدی‌ها و خوبی‌هایی که به او نسبت داده می‌شود، در زمانه‌ای بهنگام، در سرزمین من سربرآورد، به جنبش متمدنانه مشروطیت جواب مثبت داد، و به‌ویژه خواسته‌های سرکوب شده‌ی زن ایرانی را جامه عمل پوشاند. چنین باوری را حتی در دورانـی کـه (بـه خطـا و در کمـال نـادانی) وارد عملیاتی در مخالفـت بـا محمدرضاشاه شدم، نسبت به رضاشاه داشتم.

در تابستان ۱۳۹۶ خورشیدی بالأخره تصمیم گرفتم که نوشتن این کتاب را آغاز کنم. می‌دانستم که در قدم اول به دو چیز نیاز دارم:

- داشتن اطلاعات همه‌جانبه‌ی وسیع در مورد زمانه‌ای که رضاشاه در آن به دنیا آمده و رشد کرده بود؛ از رویدادهای سیاسی و اجتماعی گرفته تا مسائل اقتصادی و فرهنگی.

- خواندن کتاب‌هایی که تا آن زمان در مورد رضاشاه نوشته شده بود و نیز کتاب‌هایی که فقط بخشی از آن‌ها درباره رضاشاه است.

هنگامِ گردآوری اطلاعات، متوجه شدم که بیشتر کتاب‌های مربوط به رضاشاه و یا حتی صفحاتی که در کتاب‌های تاریخیِ دیگر درباره مشروطیت یا قاجاریه نوشته شده، گویی برای ثابت کردن دو نتیجه‌گیریِ از پیش تعیین‌شده بوده است:

- رضاشاه دیکتاتوری خشن، زورگو، وابسته به انگلیس یا آلمان بود که مشروطیت را به باد فنا داد.

یا

- شاهی بزرگ و خردمند و بی‌هیچ عیب‌ونقص، که ایران را از فلاکت و بدبختی دوران قاجار که ویرانه‌ای بیش نبود نجات داد.

به‌هررو، با خواندن کتاب‌هایی از این دو گروه، دریافتم که تلاش زیادی در ارتباط با شناخت این شخصیت مهم تاریخی از سوی بسیاری از نویسندگان و تاریخ‌نگاران انجام شده است و اتفاقاً از طریق همین نگرش‌های ضدونقیض است که هر پژوهنده‌ای می‌تواند به شناخت حقیقی‌تری از شخصیت‌های تاریخی برسد.

اما نکته بسیار مهم و جالبی که پس از پایان پژوهش‌هایم متوجه شدم، این بود که انگار ما هیچ مطلب قابل استنادی از دورانِ کودکی رضاشاه نداریم. انگار هیچ پژوهشگری از خودش نپرسیده، یا نخواسته است بپرسد که چنین مردی که تاریخ ایران را به شیوه‌ی بی‌بازگشتی دگرگون کرد، در چه خانواده‌ای زیسته است و شرایط زیستی او چه بوده است و چه کسان و عواملی در شکل‌گیری شخصیت او تأثیر داشته‌اند.

در بیش از ده‌ها کتاب مربوط به رضاشاه، و ده‌ها هزار صفحه‌ای که در کتاب‌ها و روزنامه‌ها و نشریاتِ گوناگون درباره او نوشته شده است، من فقط

توانستم در چند کتاب، چند جمله تا حداکثر دو ـ سه صفحه‌ای درباره دوران کودکی پیش از سیزده ـ چهارده‌سالگی او پیدا کنم که همه شبیه به هم‌اند: «از پدری خان‌زاده به نام عباسعلی‌خان (یا عباسقلی‌خان) و مادری به نام نوش‌آفرین (یا زهرا) به دنیا آمد. پدرش را در دوماهگی (یا نُه ماهگی) از دست داد، مادرش که مورد علاقه خانواده شوهر نبود، او را به تهران آورد. در کودکی در فقر و بدبختی زندگی کرد، و بی‌سواد بود و لات و ولگرد.»

البتــه در برخــی از کتاب‌هــا مطــالبی (و بــاز یکسـان) دربــاره خـانواده عباسعلی‌خان «داداش‌بیگ» وجود دارد، اما در مورد مادرِ رضاشاه، فقط چند جمله تکراری که: «از قفقازی‌ها یا گرجی‌هایی بوده که چند قرن پیش به ایران مهاجرت کرده‌اند. در شانزده سالگی زن عباسعلی‌خان سوادکوهی شده است، به آلاشت رفته است و چون زبان مازندرانی بلد نبود و غریبه بود، مورد نفرت خانواده شوهرش قرار گرفته است. مهم‌ترین کارش هم این بود که پس از مرگ شوهر، بچه را به کول کشیده و به تهران رفته است و به دلیل فقر، به ازدواج مردی درآمده و بعد از یکی ـ دو سال از جهان رفته است».

این «شـرح حـال» به‌شکل ملایم‌تـری حتی در نوشته‌هایی هـم که از سوی وزارتِ دربار زمان محمدرضاشاه منتشر شده، نیز آمده است. جالب این‌که در این شرح حال‌ها، حتی از آنچه‌هایی که خود رضاشاه در مورد مادرش گفته است، چیزی نمی‌توان یافت. مهم‌تر این‌که حتی همسرِ رضاشاه؛ «ملکه مادر» و یا دخترِ او «خانم همدم‌السلطنه» که در سال‌های جوانی رضاشاه حضور داشته‌اند نیز جز همان نوشته‌های تکراری سخن دیگری نگفته‌اند.

در مجموع، من به این نتیجه رسیدم که شاید به‌دلایلی قرار بوده است که در مورد نوش‌آفرین مادر رضاشاه و خانواده مادری او، چیز روشنی گفته و یا نوشته نشود. همچنین در پیوندِ با کودکیِ رضاشاه، دست‌هایی در کار بوده که به‌شکلی غلوآمیز نشان دهند که وی در فقر و فلاکت و بدبختی زیسته و مکتب نرفته و

بی‌سواد و لات و ولگرد بار آمده بود. در حالی‌که همزمان با او، شخصیت‌های تاریخی (ادبی و یا سیاسی) مهمی داریم که در دوران قاجاریه به دلیل سیستم بد آموزشی و تحمیل اجباری آموزش مذهبی، از مکتب گریخته و برخی حتی هیچ مدرک تحصیلی مشخصی ندارند.

در نهایت، برای دسترسی به واقعیت‌های تاریخی در مورد این مادر و پسر، تصمیم گرفتم که ابتدا به‌دنبال نوش‌آفرین بگردم و در کوچه پس‌کوچه‌های تاریخِ زمانه‌ای که رضاشاه در آن زندگی می‌کرد، پیدایش کنم. این کوشش سبب شد که نه‌تنها او را بیابم، بلکه زنانی را نیز که در نگهداری و تربیت و ساختن رضای کوچک، نقشی اساسی داشتند و بی‌سروصدا گم شده بودند را پیدا کنم، و جالب این‌که، آن زنان هـم خودشان و هـم فرزندانشـان بعـدها (و بـاز بی‌سـروصـدا) نقش‌هایی اساسی در زندگی «رضای قزاق»، «سردار سپه»، و «رضاشاه» داشته‌اند.

نتیجه این کندوکاو مـرا بـرآن داشت تا به‌جای افـزودن کتاب دیگـری به فهرست کتاب‌هایی که تاکنون (تا جایی که من خوانده‌ام) درباره رضا شاه نوشته شـده است، دست‌به‌کار دشـوار دیگـری بـزنم و دسـتاوردهای خـود را در قالب رمانی تاریخی (نه در ارتباط با رضاشاه، که در ارتباط با مادر رضاشاه) ارائه دهم.

رمانی با دستمایه پژوهشی تاریخی در بستری ادبی و گاه خیال‌انگیز.

از این‌رو، کتاب حاضر درباره رضاشاهی نیست که از طریق کتاب‌های موجود شناخته شده است، بلکه درباره زنی‌ست به نام نوش‌آفرین که پرورنده و سازنده مردی بوده که در راه گشودن درهای آزادی به روی زن ایرانی نقشی اساسی و ماندگار داشته است.

***

در این کتاب کوشیده‌ام تا با به‌کار گرفتنِ همه توان پژوهندگی، نویسندگی و ادبـی خـود، رُمـانی پـژوهش‌ـبنیـاد پدیـد آورم. رُمانی کـه بـا چشمداشت بـه

شخصیت‌ها و رویدادهای زیسته، با حقایق تاریخی همخوان باشد و بخش پنهان نگه‌داشته‌شده‌ای از بزنگاهِ تاریخی بزرگی را آشکار کند.

در این راه، هرجا که سندی وجود داشته، چه در کتاب‌ها و خاطرات و اسناد رسمی، و چه از طریـق افرادی کـه بسـتگانِ دورونزدیـک و یا نزدیکانشـان با اعضای خانواده سلطنتی به‌نوعی ارتباط داشته‌اند، بهره بردهام و هـرجا نیز سندی پیدا نکردهام، از راه حـدس و گمـان و یا نشانه‌ها و نوشته‌های موجـود درباره خود رضاشاه مدد گرفته‌ام.

با این‌حال، سعی کرده‌ام بخش‌های تخیلی کتاب، تا جایی که امکان داشت، به رونـد و رویدادهای حقیقـی در زنـدگی رضاشاه وفادار بمانـد. مثلاً در مورد خصوصیات اخلاقی نوش‌آفرین، از آن اندک چیزهایی که رضاشاه در زمان حیاتش درباره او نوشته و گفته است، مدد گرفته‌ام.

در مورد اتفاقات سیاسی و تاریخیِ زمانه‌ای که نوش‌آفرین و رضای کوچک در آن بوده‌اند، همه را از واقعیات تاریخی مستند دوران قاجاریه درآورده‌ام.

همه‌ی روابط خانوادگی و اجتماعی، وضعیت شهرها و خانه‌ها و خیابان‌ها، شیوه زندگی مردمان همزمان با کودکی و نوجوانی رضاشاه، از کتاب‌های مختلف دوران قاجار در عصر ناصرالدین‌شاه برگرفته شده است. کتاب‌هایی چون:

- خاطرات شخصیت‌های سیاسی و اجتماعی دوران ناصرالدین‌شاه؛
- مقالات و کتاب‌هایی که در مورد مشروطیت یا در مورد رضاشاه نوشته شده است؛
- نوشته‌های جهانگردان و یا مستشاران اروپایی و آمریکایی مقیم ایران آن‌روزگار.

و همه‌ی این تلاش به این امید بوده است که بتوانم به‌سهم خود، روزنه‌ای به‌سوی بخشِ ناپیدایی از تاریخ سرزمینمان باز کنم.

***

در پایان، سپاسی ویژه دارم از دوست پژوهشگر و اندیشمندم آقای ابراهیم هرندی که متنِ این کتاب را پیش از چاپ، با حوصله خوانده و با نظرات دقیق و مؤثر خود در بهتر شدن این اثر به من کمک کردند.

همچنین از همه دوستان عزیزی سپاسگزارم که در طی چهار‌ـ‌پنج سال گذشته هر مقاله و یا کتابی را که در مورد رضاشاه خوانده بودند برایم فرستادند و یا به من معرفی کردند. این مهربانی‌ها، انرژی بیشتری برای نوشتن این کتاب به من داد.

همین‌طور از دوست گرامی آقای بیژن خلیلی ناشر «نشر کتاب» سپاسگزارم که علاوه بر غلط‌گیری دوم کتاب، برای به‌موقع رساندن این کتاب همزمان با سالروز درگذشت رضاشاه زحمت زیادی کشیدند.

شکوه میرزادگی
تیر ۱۴۰۳ (جولای ۲۰۲۴)

فصل یکم

پیش از آن‌که چشمانش را باز کند، عطری آشنا همه‌ی جانش را پُر کرد. عطری بود که مادرش وقتی از حمام بیرون می‌آمد، به گردن و بازوها و میان دو پستانش می‌زد. بوی خوش نرگس‌های وحشی در سراسر خانه می‌پیچید و او را هر کجایی که بود به سوی خود می‌کشید.

***

دوان دوان به سوی مادر می‌رود، روبرویش می‌ایستد و ژستی را می‌گیرد که می‌داند مادر دوست دارد و به‌راحتی مقاومت‌اش را می‌شکند: لب‌هایش را بوسه‌گونه جمع می‌کند، سرش را کج می‌گیرد، گردنش را به عقب می‌برد: «خواهش می‌کنم به من هم بزن. به من هم بزن!» مادر لبخندزنان انگشتش را به دهانه‌ی کیف کوچک چرمی عطرش می‌مالد و به نرمی روی پوست گردن بلند و صورتی او می‌کشد. عطر نرگس‌های وحشی همه‌ی جانش را پر می‌کند، و چون بچه‌گربه‌ای مست، خم‌وراست می‌شود و بالا و پایین می‌پرد.

***

چند سالی می‌شد که آن بوی خوش را از یاد برده بود، یا ناخودآگاه خواسته

بود که آن را به یاد نیاورد؛ و نمی‌دانست چرا اکنون به سراغش آمده است. دلش نمی‌خواست چشمانش را باز کند. می‌ترسید نفس‌اش از جادوی آن عطر تهی شود.

نفس عمیقی کشید. دردی ناگهانی و موذی بر عضلات کمرش فشار آورد، و جویباره‌ای داغ از زیر قلبش حرکت کرد و تا زیر شکم‌اش دوید. چشمانش را گشود و دستش را روی شکم برآمده‌اش گذاشت. درد از کمر به پهلوها و به زیر شکم کشیده شد. احساس می‌کرد چیزی زیر پوست‌اش می‌تپد؛ با همان تندی که قلب در سینه‌اش.

در ماه‌های گذشته، حرکت‌هایی در شکم‌اش احساس می‌کرد، دردهایی خفیف و گاهگاهی. اما این یکی شدیدتر بود و تازگی داشت. به آرامی روی پهلوی چپ‌اش چرخید و نشست. ناگهان احساس کرد جویی داغ از زهدانش به پایین غلتید، از بدنش بیرون ریخت و زیر ران‌هایش جاری شد. لحاف را کنار زد و نشست. هراس‌زده به مایع لَزِجی که تشک را خیس کرده بود خیره شد. یادش آمد «ننه تیکا» به او گفته بود: «هر وقت دردت گرفت یا کیسه‌ی آبت پاره شد وقت‌اش رسیده است؛ باید یکی را خبر کنی».

دست کرد زیر بالش‌اش و ساعت جیبی کوچکی را که به زنجیری نقره‌ای آویزان بود بیرون آورد. ساعت، چهارونیم صبح را نشان می‌داد. بیرون پنجره هنوز خبری از بامداد نبود. ماه همچنان بر آسمان می‌درخشید و به نرمی از حریر مه که بر دامنه‌ی کوهستانِ رو به خانه کشیده شده بود، رد می‌شد و درست بر سبزه‌ای می‌نشست که آن را به نیّت نوروز انداخته و پشت پنجره‌ی اتاق گذاشته بود.

احساس می‌کرد دردش لحظه‌به‌لحظه زیادتر می‌شود، اما نمی‌دانست چگونه باید از جا برخیزد و کسی را خبر کند. احساس سرما می‌کرد. ساعت جیبی پدر را در کیسه‌ی کتانی کوچکی که به گردنش آویزان بود، انداخت و لحاف را به‌دور

خودش پیچید و همانطور نشسته منتظر ماند. می‌دانست به زودی اهالی خانه برای نماز بیدار می‌شوند.

در این یک ماهی که ساکن خانه‌ی مرادعلی‌خان، که آن را «خانه پهلوان‌ها» می‌خواندند، شده بود، همه‌ی روابط و زمانِ همه‌ی رفت‌وآمدها را می‌شناخت. همیشه بین ساعت چهار و نیم تا پنج بامداد «کافیه» کنیز مخصوص نونوش‌خانم بیدار می‌شد، بعد صدای باز شدن در اصطبل را می‌شنید و می‌دانست که آقاهاشم برای دادن غذا به اسب‌ها و قاطرها به اصطبل می‌رود. بعد هر چند دقیقه یکبار، صدای پای زنان و مردانی را می‌شنید که در راهروها و حیاط بیرونی و اندرونی این‌طرف و آن‌طرف می‌روند.

بیش از همیشه از این‌که هنگام خداحافظی، پدرش این ساعت را به او بخشیده بود احساس خوبی داشت.

***

همیشه وقتی برای رفتن به میهمانی و یا گشت‌وگذار در خیابان میخیل از خانه بیرون می‌روند، پدر، یکی از کت‌وشلوارهای خوش‌دوخت و اتوکشیده‌اش را که مادر خیلی دوست دارد، می‌پوشد و ساعت جیبی‌اش را در جیب بالای دست چپ کت‌اش می‌گذارد و زنجیر نقره‌ای آن را از جیب به بیرون آویزان می‌کند؛ و مادر، که وقت بیرون رفتن از خانه همیشه لباس و کلاهی همرنگ کت‌وشلوار پدر پوشیده، تا به قول خودش، با هم تناسب داشته باشند، به سوی همسرش می‌رود و زنجیر ساعت و پشت او را مرتب می‌کند.

دوستان خانوادگی، وقت‌شناسی او را تحسین می‌کنند. گاهی هم این وقت‌شناسی سبب خنده و شوخی‌شان می‌شود. می‌گویند: «آرازییگ هر شصت دقیقه یک‌بار ساعتش را از جیب بیرون می‌آورد تا سر وقت باشد». او عاشق ساعت پدر است. دوست دارد با آن ور برود. خیلی زودتر از برادرهایش که از

او بـزرگ‌تـرنـد یـاد گرفته که ساعت را بخواند. در خانه هـرگاه پـدر یـا مادر می‌خواهند ساعت را بدانند می‌دود به طرف میز کوچکی که گردنبند محبوب مادر و ساعت پدر آنجا کنار هم نشسته‌اند. نگاهی به ساعت می‌اندازد و چند بار با صدای بلند آن را اعلام می‌کند.

***

با بلند شدن سر و صدای چوب‌های کف ایوانی که به اندرونی می‌رفت، دریافت که کافیه از خواب برخاسته و می‌دانست که چند دقیقه بیشتر طول نمی‌کشد که در اتاق باز شود و او بگوید: «نوش‌آفرین خانم، نوش‌آفرین خانم وقت نماز است.» نمازی که او هیچ‌وقت معنایش را نفهمیده بود. کلماتی را که گفته بودند عبادتِ خداست، حفظ کرده بود و هر صبح و ظهر و شام، مثل دیگران آن را در حرکاتی که برایش جالب بود، می‌خواند.

نوش‌آفرین به جای جمله‌ی همیشگی که «بیدارم» با صدایی ضعیف گفت: «گمانم وقتش رسیده». کافیه به اتاق دوید و پرسید:

ـ درد داری خانم جان؟

نوش‌آفرین سرش را تکان داد و لحـاف را کنـار زد تا او تشک خیس شده را ببیند. کافیه شانه‌هایش را گرفت و به آرامی او را به پشت خواباند و به سرعت از اتاق بیرون دوید. چند دقیقه بیشتر نشد که زنانِ خانه به داخل اتاق دویدند. جلوتر از همه نونوش‌خانم بود. آمد بالای سرش و کنارش چمباتمه زد و دست روی پیشانی‌اش گذاشت. سرد بود.

ـ درد داری؟

نوش‌آفرین سرش را به علامت مثبت تکان داد. نونوش‌خانم به لهجه‌ی غلیظ مازندرانی به زن‌ها چیزهایی گفت که جنب و جوشی بین زن‌ها به‌وجود آمد. همه بلندبلند حرف می‌زدند و رفت و آمدهایی در اتاق در جریان بود که نوش‌آفرین نه همه‌ی حرف‌هایشان را می‌فهمید و نه دلیل رفت و آمدشان را. هیچ‌وقت

ندیده بود که زنی بزاید. فقط چندبار از مادرش شنیده بود که او را سخت زاییده است.

***

«برادرهایت راحت به دنیا آمدند. اما سر تو، بیست و چهارساعت درد کشیدم. می‌ترسیدم مرده به دنیا بیایی. نیامدی! مثل خورشید طلوع کردی. برای همین می‌خواستم نامت را "تامارا" بگذارم. پدرت نخواست».

***

دردی سخت در پهلوهایش دوید و تا نافش کشیده شد. فریادی ناخواسته از گلویش بیرون پرید.

صدای کشیده شدن پاهای قاطری بر زمین و شیهه‌ای فضای خانه را پر کرد و سپس صدای مردانه‌ای از بیرون پنجره، آمدن «ننه‌تیکا» را به نونوش‌خانم خبر داد و همزمان خورشید خانم، که مدتی خبری از او نبود، با یک سینی انباشته از خاکستر، پیدایش شد. سینی را زیر پای نوش‌آفرین گذاشت و درحالی‌که پارچه‌ای سفید روی خاکسترها می‌انداخت به نوش‌آفرین گفت:

ـ نترس. برایت نماز خواندم، راحت می‌زایی.

نوش‌آفرین نفسی عمیق کشید و از روی پیراهن، کیسه کتانی کوچکی را که به گردنش آویزان بود لمس کرد و گفت:

مادر کمکم کن!

فصل دوم

ساعت یک و نیم بعد از ظهرِ جمعه، بیست و چهارم اسفند ۱۲۵۶ خورشیدی، «ننه‌تیکا» بند نـاف نـوزاد را بریـد، و وقتـی او را روی سینی مـی‌گذاشت، به نوش‌آفرین نگاهی کرد و با لبخندی گفت:

ـ بچه‌ات پسر است! داداش‌بیگ شانس آورد که سر پیری و بعد از چندتا دختر برایش پسر آوردی.

نوش‌آفرین، نمی‌توانست صورت پیرزن را ببیند، نگاهش خیره به موهای نقره‌ای او بود، که زیر رگه‌های آفتابی که از پنجره می‌تابید، برق می‌زد. به سختی کلمات او را در میان صدای گریه‌ی بی‌توقف کودکش می‌شنید. در مقابل سخنان او هیـچ واکنشـی نداشت. در عـوض صدای هلهلـه زن‌هـا اتـاق را پـر کـرد. نونوش‌خانم به پنجره نزدیک شد و خطاب به مردها که در حیاط ایستاده بودند، فریاد زد: «پسر است». نوش‌آفرین صدای قهقهه مردها و حرف‌هایشان را که برای او نامفهوم بود می‌شنید.

پس از نهیبی که تیکا، در بدو ورودش، به زن‌ها زده بود که «دور و بَر او و زائو نباشند»، حالا جرأت کرده بودند جلو بیایند و دایره‌وار به تماشای بستن ناف

بچه بایستند. ننه‌تیکا، با نخی آبی و سفید ناف بچه را بست و عسل خواست. نبات‌خانم تَر و فرز به سوی طاقچه بالای اتاق دوید و ظرف گِلی کوچکی را که همان بامداد به اتاق آورده بود، برداشت و مقابل ننه‌تیکا گرفت. پیرزن نوک انگشت کوچکش را در عسل کرد و آن را به آرامی در دهان گشوده از گریه‌ی کودک فرو برد. کودک آرام شد. دودور‌خانم آفتابه لگنی را در کنار تیکا گذاشت و نونوش‌خانم چند تکه لباس بچه روی لحافی که حالا دوباره بر روی نوش‌آفرین کشیده شده بود قرار داد.

زن‌ها انگار نمایشنامه‌ای را بازی می‌کردند که از قبل، بارها آن را تمرین کرده بودند. هر کدام می‌دانستند که چه وقت و چه چیز را به دست ننه‌تیکا برسانند و بعد کنجکاو و شتابزده سر جایشان می‌ایستادند و از دور و با دقت نوش‌آفرین و آن‌چه را که دورو‌بَر او می‌گذشت تماشا می‌کردند؛ گویی که برای اولین‌بار است این چیزها را می‌بینند.

ننه‌تیکا کودک را چون یک عروسک در میان دست‌های بزرگ استخوانی‌اش بالای لگن گرفت و دودور‌خانم لوله‌ی آفتابه را بر فراز لگن. تیکا به سرعت با باریکه آبی که از آفتابه بر دستانش سرازیر می‌شد بچه را شست. و با ململ سفیدی که خورشید خانم به او داد خشک کرد.

وقتی ننه‌تیکا نوزادِ پیچیده در ململ سفید را روی لحاف گذاشت تا لباسی بر تنش بپوشاند، همه توانستند چهره کودک را ببیند. لبان عسلی‌اش را می‌مکید. و چشمان درشت و سیاهش بر چهره‌ی رنگ پریده‌اش می‌درخشید.

نبات خانم گفت: «چقدر مقبول است این بچه، ماشاالله!» و طلاخانم، خاله او، کینه‌توزانه به نوش‌آفرین نگاهی کرد و گفت: «معلوم نیست به که می‌ماند!» تیکا به چشم برهم‌زدنی نوزاد را لباس پوشاند و او را در قنداق پیچید و داد دست نونوش‌خانم.

نونوش‌خانم چند لحظه با مهر به بچه نگاه کرد و درحالی‌که او را در آغوش

بی‌حال و گشوده‌ی نوش‌آفرین می‌گذاشت، با نگاهی ملامت‌بار به طلا گفت: «مقبولی‌اش به مادرش می‌ماند!»

نوش‌آفرین حضور بچه را در کنار قلب‌اش حس کرد و قبل از آن‌که به سوی او سر برگرداند، برقی در چشمان نیمه‌گشوده‌اش درخشید و با دیدن بچه که هنوز لب‌هایش را می‌مکید صورت مات و بی‌حس‌اش رنگی از زندگی گرفت. به روی نونوش‌خانم که همچنان بالای سرش ایستاده بود خندید. در خنده‌اش قدردانی و مهر موج می‌زد.

فصل سوم

پس از چند برفِ پشت‌سرهم که ماه اسفند، آلاشت را یکسره سفید کرده بود، چند روزی می‌شد که هوا مطبوع و نسبتاً گرم بود و چهره‌ی بهار از پشت مِه گسترده‌ای که بر دامنه‌های کوه‌های سوادکوه می‌رقصید به روشنی دیده می‌شد.

در آن غروب بیست و پنجم اسفندماه ۱۲۵۶ در زیباترین خانه‌ی آلاشت، که یادگار علی‌مرادخان، بزرگ خاندان پهلوان‌ها بود، همه‌ی بزرگان دهکده جمع بودند و صدای خنده و شوخی‌های مردانه از میهمانخانه بیرونی به گوش می‌رسید.

در آلاشت، معمولاً روزهای عزا و عروسی و جشن، همیشه همه دور هم جمع می‌شدند، به‌ویژه نوروزها که دلگیری‌ها، قهرها، دعواهای فامیلی و حتی زد و خوردهای فیزیکی، که در طول سال بارها بین آن‌ها پیش می‌آمد، تمام می‌شد. اما امسال افزوده شدن پسری به خانواده پهلوان‌ها، در آستانه‌ی نوروز، همه را زودتر دور هم جمع کرده بود.

عطر پلوی تیرنگ بشتی، کنجد بو داده، حلوا و شیرینی‌هایی که سوادکوهی‌ها برای روزهای جشن و سرور تهیه می‌کردند، در اتاق‌ها می‌چرخید. صدای گفتگو و

خنده زن‌هایی که با پیراهن‌های رنگی و سربندهای حریر این‌طرف و آن‌طرف اتاق پراکنده بودند، در همه خانه شنیده می‌شد. پیرترها لم داده به پشتی‌های رنگارنگ، قلیان می‌کشیدند و برخی از جوان‌ترها بی‌هیچ شتابی، این‌طرف و آن‌طرف می‌رفتند و به کلفت‌ها و کنیزها دستور می‌دادند تا به کمک غلام‌ها و نوکرها، وسایل شام را به بزرگ‌ترین اتاق بیرونی خانه ببرند.

نوش‌آفرین در خواب بود، تکیه داده بر مخده‌ای که روکشی رنگین از جاجیم‌های ساخت زنان آلاشت را داشت. مژگان بلند و سیاهش بر گونه‌هایی که دوباره مهتابی شده بودند، سایه‌روشنی زیبا می‌آفرید. یک ساعتی می‌شد که سخت به خوابی عمیق فرورفته بود، آن‌سان که سروصداها و جنب‌وجوشی که در خانه جریان داشت بیدارش نمی‌کرد.

کوکب‌خانم دخترعموی نونوش‌خانم که برای روشن کردن لاله‌های صورتی پایه‌بلند به اتاق آمده بود، مقابل نونوش‌خانم ایستاد و با خنده‌ای معنادار با چشم و ابرو اشاره‌ای به سوی اتاقی که مردها در آن بودند کرد و گفت:

ـ هنوز شب نشده می خواری را شروع کرده‌اند!

نونوش‌خانم که در لباس مخمل عنابی و سربند حریر آبی، بر مخده‌ی دیگری در کنار نوش‌آفرین تکیه داده و نوزاد او را روی پاهایش گهواره‌وار تکان می‌داد، لبخندی زد اما چیزی نگفت. همه‌ی فکرش به این بود که چگونه به نوش‌آفرین بگوید مردهای خانواده نام پسرش را «رضا» گذاشته‌اند. هفت ماه پیش نوش‌آفرین به او گفته بود، دلش می‌خواهد اگر دختر بزاید، نامش را «تامارا» بگذارد و اگر پسر «داود».

آن روز، شروع دوستی نونوش‌خانم و نوش‌آفرین بود. روزی که به‌دلیل زایمان نبات‌خانم، عباسعلی‌خان از برادرزاده‌اش نونوش‌خانم خواهش کرده بود آن هفته نوش‌آفرین را با خود به حمام ببرد.

***

نوش‌آفرین از پله‌های خزینه بالا می‌آید و تن به لنگ‌های رنگارنگی می‌دهد که منتظر اوست. پادوی حمام، لنگی دور بدن او می‌پیچد و لنگی روی شانه‌اش می‌اندازد و به‌سوی سربینه می‌روند.

نوش‌آفرین به‌دنبال پادو به آرامی از کنار حوض شش‌گوش آبی‌رنگی که زن‌های نیمه‌عریان بر سکوهای مرمرین اطراف آن نشسته‌اند می‌گذرد. صدای بلند گفتگوهای آن‌ها همه سربینه را پُر کرده است. او از سه پله‌ای که راه به شاه‌نشین‌های سربینه دارد، بالا می‌رود.

نونوش‌خانم لباس پوشیده و شاداب، تکیه داده بر دیوار کاشیکاری شده‌ی یکی از شاه‌نشین‌ها و در حال نوشیدن چای است. نوش‌آفرین بر حوله‌ای که برایش در کنار نونوش‌خانم انداخته‌اند، می‌ایستد. پادو لنگ‌هایش را می‌گیرد و حوله‌ای به او می‌دهد. نونوش‌خانم نگاهش به پیکر نیمه‌عریان نوش‌آفرین می‌افتد؛ کشیده و خوش‌فرم با پست و بلندهایی متناسب و چشمگیر. موهای مجعد بلوطیِ به سرخی نشسته‌اش که همیشه زیر سربند پنهان بود، روی شانه‌های عریانش ریخته و درست شبیه فرشتگان نیمه‌عریانی‌ست که او یک‌بار در کتابی فرانسوی در خانه‌ی یکی از زنان درباری دیده بود. بهت‌زده به نوش‌آفرین نگاه می‌کند. همیشه او را در پیراهنی گشاد و پوشیده و سربندی سیاه یا سفید دیده بود. یک لحظه به این می‌اندیشد که این زن کیست؟ خانواده‌اش کجایند؟ چگونه این‌همه زیبایی و طراوت و جوانیِ نصیب عموی پیرم شده است.».

نوش‌آفرین از نگاه‌های خیره او به خودش احساس ناراحتی می‌کند. و با سرعت لباس‌هایش را می‌پوشد. پادو برایش چای و نبات می‌آورد. نونوش برای این‌که فضا را عوض کند، می‌گوید:

ـ هیچ معلوم نیست حامله‌ای. چند ماهت است؟

نوش‌آفرین گوشه‌ی حوله را به آرامی بر صورت گلگونش که قطرات عرق،

شبنم‌وار بـر آن نشسـته، می‌کشـد و ابروهـای بلنـدش را کـه چـون دو شمشیر و درست نزدیک به چشم‌هایش، از بالای بینی به سوی شقیقه‌ها کشیده شده، اندکی بالا می‌برد و می‌گوید:

ـ فکر می‌کنم سه ماه.

و خودش را سرگرم بافتن گیسوانش می‌کند. اما نونوش‌خانم نمی‌گذارد که او مثل همیشـه از پرسـش و پاسـخ فرار کند. به بهانه‌ی این‌که ناهار «آش کدو» دارند او را به خانه خودش می‌برد. ناهار را به تنهایی و با او می‌خورد و پس از ناهار، دو تا ژاکت سُرمه‌ای و کرم جلوی او می‌گذارد: «خودم بافته‌ام، بزرگ‌اند و گرم. به درد زمستانت می‌خورند که شکمت بزرگ می‌شود». بعد چندین لباس بچه، کـه در بقچه‌ای سفید پیچیده شده است را هم به دست‌اش می‌دهد و می‌گوید: همه شسته شده‌اند. نوِ نو هستند. مال چراغعلی است. او خیلی زود رشد کرد و لباس‌ها برایش کوچک شدند. وقتی حامله بودم آن را خیاطی تهرانی برایم دوخت.

نوش‌آفرین یکی از لباس‌ها را که به‌رنگ سفید است، از میان بقچه بیرون می‌کشد و به دقت آن را زیر و رو می‌کند:

ـ چقدر کوچولو هستند.

ـ مگر بچه نوزاد ندیده‌ای؟

نوش‌آفرین به سادگی می‌گوید:

ـ نه خانم. ندیده‌ام.

نونوش‌خانم به قهقهه می‌خندد. نوش‌آفرین لباس را تا می‌کند و در بقچه می‌پیچد و به آرامی می‌گوید:

ـ دستتان درد نکند.

نونوش‌خانم که نمی‌خواهد دوباره سکوت آن‌ها را از هم دور کند، چون قصه‌گویی ماهر، با آب‌وتاب از حاملگی و زایمان خودش برای او می‌گوید. از

این‌که «ننه‌تیکا»ی قابله به او یاد داد که چگونه ماه‌های حاملگی‌اش را حساب کند، و چگونه مراقب بچه باشد.

به او می‌گوید نباید به حرف‌های برخی از زنانِ دِه گوش داد، و از «زن‌های ولنگار»ی چون طلاخانم و بی‌غم‌خانم می‌گوید که کارشان حسادت و یهوده‌گویی‌ست و از زورگویی‌های مردهایی که «خیال می‌کنند بزرگ‌اند اما جز بازوهاشان هیچ چیز بزرگی ندارند».

نونوش‌خانم می‌بیند که صورت بی‌تفاوت نوش‌آفرین به مرور رنگی از کنجکاوی و اشتیاق می‌گیرد. لبخندی شیرین بر لبان خوش‌فرم و زیبایش می‌نشیند و از تلخی و اندوهی که بیشتر اوقات بر چهره‌اش می‌نشست خبری نیست.

نونوش سعی می‌کند همه‌ی کلماتش فارسی باشند، تا نوش‌آفرین حرف‌هایش را راحت‌تر بفهمد. سرانجام نوش‌آفرین پس از نزدیک به دو سال که در آلاشت بود، پرسشی بر لبانش می‌نشیند:

ـ می‌توانم بروم پیش قابله؟

ـ تو چرا بروی، می‌گویم ننه‌تیکا بیاید این‌جا. زن مهربان و واردی‌ست. پدرش حکیم بوده و او زیردست پدرش کار یاد گرفته.

نوش‌آفرین چون کودکی که زبان باز کند، کم‌کم شروع به سخن گفتن می‌کند. نونوش‌خانم می‌داند او از وقتی از بابل به آلاشت آمده، با هیچ‌کسی جز سلام‌وعلیک سخنی نگفته است. کمتر کسی از اهالی ده او را دوست دارد. خانواده پهلوان‌ها او را یگانه‌ای فقیر و بی‌کس‌وکار می‌خوانند که «معلوم نیست از کجا آمده و چه گذشته‌ای دارد».

همان روز نونوش‌خانم از او می‌پرسد: اسم بچه‌ات را چه می‌گذاری؟

نوش‌آفرین به سادگی می‌گوید:

ـ دختر باشد «تامارا»، و پسر باشد «داود».

ـ تا..ما..را و داود؟!

ـ مادرم می‌گفت ملکه تامارا، زن بزرگی بود، همه دوستش داشتند، می‌گفتند او خورشید گرجستان است. عکس‌اش با خورشید روی سکه‌های گرجستان بود. مادرم چند تا از آن سکه‌ها را داشت. نمی‌دانم چه شدند. پس از مرگ مادر دیگر آن سکه‌ها را ندیدم.

ـ داود کی بود؟

ـ داویت(داوید؟) هم شاه گرجستان بود. پدرم می‌گفت ایرانی‌ها به او می‌گویند داود. گرجی‌ها او را به خاطر نیکی‌هایش دوست دارند. به خاطر این‌که دشمنان را از گرجستان بیرون کرد... گرجستان را دوباره متحد کرد. گرجستان را بزرگ کرد و چیزهای نویی برای گرجستان ساخت. اگر او بود، روس‌ها نمی‌توانستند گرجستان را مالک شوند و ما را دربدر کنند.

ـ ملکه تامارا، زنِ داود بود؟

ـ نه، ملکه تامارا خودش شاه بود. توی گرجستان زن‌ها می‌توانند شاه شوند. پدرم می‌گفت در ایران هم قبل از اینکه عرب‌ها بیایند، زن‌ها می‌توانستند شاه بشوند... در گرجستان روس‌ها که آمدند همه‌چیز را خراب کردند.

***

همان روز بود که نونوش‌خانم پس از دو سال و دو ماه که از آمدن نوش‌آفرین به آلاشت می‌گذشت، تازه او را کشف کرد. زنی پُرتوان، دانا و باسواد که پشتِ زنی ناشناس و کم‌حرف و مرموز پنهان بود.

همان روز دریافت که نوش‌آفرین زاده گرجستان است و فقط چند سال است که به ایران آمده. تا آنوقت او هم مثل دیگران فکر می‌کرد نوش‌آفرین از خانواده‌ی فقیر و از اُسرایی‌ست که سالیانی قبل به ایران آورده شده‌اند؛ و حالا می‌فهمید که او چهارده‌ساله بود که «رایا» مادر گرجی‌اش را از دست داد و

«آرازبیگ» پدر ایرانی‌الاصل آذربایجانی‌اش، او و کوچک‌ترین برادرش «اختاو» را نزد عمویشان به تهران فرستاد.

و تازه دریافته بود که او اگر زبان فارسی را با لهجه حرف می‌زد اما ترکی و روسی را خوب می‌دانست. اولی را در خانه و از مادر و پدر آموخته بود و روسی را در مدرسه.

***

مـادر و پـدرم گرجی می‌دانسـتند، آن‌هـا در جوانی مثل خیلی از گرجی‌ها پنهانی آن را آموخته بودند، اما جرأت نکردند به من و برادرهایم یاد دهند. زیرا روس‌ها زبان گرجی را ممنوع و زبان خودشان را رسمی کرده بودند.

***

باز هم چندی بعد، وقتی نوش‌آفرین ماجرای دیدارش با داداش‌بیگ را برای نونوش‌خانم تعریف می‌کرد، او فهمید که نوش‌آفرین خواهر علی‌خان حکیم است. یکی از پزشکان کامران‌میـرزا. کسـی که شـوهرش بارهـا از مهـارت او در پزشکی تعریف کرده است.

ـ تعریف‌هـای خوبی دربـاره بـرادرت از شـوهرم شنیده‌ام. تو با او به ایران آمدی؟

ـ نه، علی و برادر دیگرم ابوالقاسم چند سال قبل از من به ایران آمدند. پدرم می‌ترسید که گرفتار روس‌ها شوند. آن‌ها را به ایران فرستاد که امن که امن باشند. پدرم از روس‌ها خیلی می‌ترسید.

فصل چهارم

در یک دوره‌ی چندماهه نونوش‌خانم و نوش‌آفرین، به‌اندازه چندین سال به‌هم نزدیک شدند. نونوش‌خانم مرتب به خانه‌ی نوش‌آفرین می‌رفت و یا او را به خانه خود دعوت می‌کرد. نوش‌آفرین وقتی با او بود احساس راحتی و امنیت می‌کرد. با این‌که نونوش‌خانم فقط پنج‌ـ‌شش سالی از او بزرگ‌تر بود، اما می‌توانست حسی را در او بیدار کند که شبیه حسی بود که به مادرش داشت. و شاید همین حس بود که اعتماد او را برانگیخته بود و می‌توانست به‌راحتی با نونوش‌خانم دردِ دل کند. از گذشته‌اش بگوید، از مادرش که مسیحی بود و با همه‌ی عشقی که به پدرش داشت اما هیچ‌وقت مذهب خود را ترک نکرد. از پدرش که مسلمانی سُنی بود و در شانزده‌سالگی به گرجستان رفته و سالیان دراز همراه با شورشیان طرفدار شاهزاده آلکساندر علیه روس‌ها جنگیده بود و از ترس همان روس‌ها بود که هر چهار فرزندش را از گرجستان دور کرد و به ایران فرستاد و بالأخره هم خودش در تنهایی زندگی را وداع گفت.

نونوش‌خانم اولین کسی بود که گردنبند صلیب مادر نوش‌آفرین و ساعت جیبی پدر او را دید. تنها ثروتی را که نوش‌آفرین با خودش از گرجستان به ایران

آورده و از وقتی ازدواج کرده بود، آن‌ها همیشه در کیسه‌ی کتانی سفیدی زیر پیراهن و به گردنش آویزان بود، با هراسی دائمی که نکند یک‌وقت کسی آن‌ها را ببیند.

کاملاً روشن بود که زندگی نوش‌آفرین پس از نزدیک شدن به نونوش‌خانم عوض شده است. از تنهایی و بی‌کسی نجات پیدا کرده بود. او آلاشت را دوست نمی‌داشت، بارها از همسرش عباسعلی‌خان خواسته بود به تهران بروند و در آنجا زندگی کنند. عباسعلی‌خان هم همیشه به او قول می‌داد که «وقتی بتواند برخی از املاکش را در بابل و سوادکوه بفروشد و خانه‌ی مناسبی در تهران بخرد، حتماً به تهران خواهند رفت». اما همه چیز نشان می‌داد که این قول به راحتی عملی نخواهد شد و نوش‌آفرین روزبه‌روز بیشتر به دور خود دیوار می‌کشید. نبات‌خانم، دختر شوهرش تنها کسی بود که گاهی به دیدن او می‌رفت و هفته‌ای یک‌بار هم وقتی می‌خواست به حمام برود، او را با خود می‌برد. در دیدارهایی هم که داشتند بیشتر نبات حرف می‌زد، برخی از کلمات مازندرانی را به او یاد می‌داد و یا غذاهای مازندرانی را مقابل او می‌پخت تا یاد بگیرد. نوش‌آفرین او را دوســت مــی‌داشــت و مهربانی‌اش را، در میــان آن‌همه نامهربانی‌هــا، قــدر مــی‌دانســت. اما نمی‌توانست به‌راحتی با او حرف بزند. او فارســی را کم می‌دانست و نوش‌آفرین مازندرانی را جز چند کلمه نمی‌فهمید. نونوش‌خانم اما، حتی قبل از دوستی با نوش‌آفرین در جمع‌های خانوادگی که نوش‌آفرین به‌ناچار همراه عباسعلی‌خان می‌رفت، می‌نشست کنار او. گاهی با او به فارسی سخن می‌گفت. از این‌که بیشتر زن‌ها او را با نیش زبان و بدرفتاری آزار می‌دادند و برخی مردها به او تندی می‌کردند، ناراحت بود. در عین حال از رفتار مؤدبانه، آرامشِ حیرت‌انگیز و بی‌توجهی نوش‌آفرین به برخوردهای دیگران، خوشــش می‌آمد و سعی می‌کرد کنار او بنشیند. می‌دانست وقتی او کنار نوش‌آفرین بنشیند

کسی جرأت ندارد کاری به کار او داشته باشد. اهل دِه، به‌ویژه زن‌ها، همه از نونوش‌خانم حساب می‌بردند. او علاوه بر این‌که دختر فضل‌الله‌خان، یکی از بزرگــان آلاشـت بـود، همسـر ابوالحسـن‌خان و عـروس محبـوب خـانواده چراغعلی‌خان، یکی‌دیگر از بزرگان آلاشت هـم بـود؛ مهم‌تـرین و ثروتمندترین خانواده آلاشت و سوادکوه. غیر از این‌ها، او از معدود زنان سوادکوهی بود که خواندن و نوشتن می‌دانست، به تهران رفت‌وآمد می‌کرد، به خانه‌ی برخی از خانم‌های تهرانيِ نزدیک به دربار دعوت می‌شد و به قول آلاشتی‌ها «جا سنگین» بود.

فصل پنجم

نوش‌آفرین تکان سختی خورد و چشمانش را باز کرد. صدای شیهه‌ی اسبی که وارد خانه می‌شد، خواب او را برهم زده بود. با دیدن نونوش‌خانم که هنوز کودک او را روی پا تاب می‌داد، خندید و دست‌هایش را برای گرفتن بچه دراز کرد و گفت:

ـ دیشب تا صبح بیدار بود. نگذاشت من هم بخوابم.

سپس مکثی کرد و با خنده ادامه داد:

ـ گریه نمی‌کرد، اما چشماش باز بود و همه‌ش وول می‌خورد.

نونوش‌خانم به‌دقت بچه را از روی پایش بلند کرد و در میان دست‌های گشوده‌ی نوش‌آفرین گذاشت:

ـ تازه اولشه... فقط شادی نمی‌آورند، بی‌خوابی و سختی هم می‌آورند.

و همان‌طور نشسته به نوش‌آفرین نزدیک شد و با صدای آرامی کنار گوشش گفت:

ـ مردها اسمی برای بچه‌ات گذاشته‌اند.

خنده از لبان نوش‌آفرین گریخت. بی‌اراده بچه‌اش را به سینه فشرد:

ـ چه اسمی؟

ـ رضا! می‌گویند به نیّت سلامتی داداش‌بیگ.

نوش‌آفرین چشم از او گرفت و به پسرش خیره شد:

ـ رضا!؟ یعنی چه؟ چه معنی می‌دهد؟

نونوش گفت:

ـ اسم امام هشتم است. برای شیعیان، اسم مقدسی‌ست.

نوش‌آفرین دوباره پرسید:

ـ یعنی چه ؟چه معنی می‌دهد؟

و نونوش‌خانم مکثی کرد و سپس به آرامی گفت:

ـ فکر می‌کنم یعنی رضایت، تسلیم. همین چیزها... نمی‌دانم.

نوش‌آفرین به سادگی زمزمه کرد:

ـ دوست ندارم بچه‌ام تسلیم باشد. داداش‌بیگ به من گفته بود هر اسمی می‌خواهم روی بچه‌ام بگذارم.

نونوش‌خانم با این‌که ناراحت بود، خندید و با لحن شوخی گفت:

ـ تسلیم همه که نه! تسلیم خدا. تسلیم خدا که می‌تواند باشد؟

نوش‌آفرین که نه شوخی او را گرفت و نه حواس‌اش به او بود، با اخم گفت:

چرا در غیبت عباسعلی‌خان این اسم را به او داده‌اند؟

نونوش‌خانم انگشت‌اش را به علامت سکوت روی بینی‌اش گرفت و گفت:

ـ عمو نصرت‌الله‌خان می‌گوید خود داداش‌بیگ خواسته، نذر سلامتی‌اش کرده است.

بعد دستش را بر شانه او گذاشت و ادامه داد:

ـ برای خودت و بچه دردسر درست نکن. فرقی نمی‌کند. برای تو همان داود است. اسم که چیزی را تغییر نمی‌دهد، بی‌خود زندگیت را تلخ نکن. خدا را شکر کن بچه‌ات سالم و سرحال است.

بعد سکوتی کرد و به نوش‌آفرین که سرش را پایین انداخته و از پشت پرده‌ای اشک به کودکش نگاه می‌کرد گفت:

ـ شاید هم خیری درش باشد. خدا کمک کند و شوهرت زودتر خوب شود. هر چه باشد پدر بچه‌ات است.

نوش‌آفرین سرش را بلند کرد. اشک چشمانش را درخشان‌تر کرده بود. با صدای زمزمه‌مانندی، گویی با خودش حرف می‌زند، گفت:

ـ او خوب نمی‌شود. خوب‌شدنی نیست، از اولین روزی هم که او را دیدم سالم نبود. چرا برادرم به من نگفت؟ چرا خواست با او ازدواج کنم؟ چرا؟

بچه حرکتی کرد و با دهانی باز، سرش را به سوی سینه‌ی او گرداند.

نوش‌آفرین تکانی خورد و بی‌آن‌که چیزی بگوید به آرامی چاک جلوی پیراهنش را باز کرد و پستان برجسته و انباشته از شیرش را در دهان گشوده‌ی کودکش گذاشت و به پرده‌ی ململ سفید پنجره روبرویش که با نسیم غروب آلاشت حرکتی مواج داشت، خیره شد.

فصل ششم

صـدای توقـف کالسـکه‌ای در مقابـل سـاختمان، نوش‌آفرین را بـه پشت پنجـره می‌کشاند. پشت‌دَری ململ سفید را به‌اندازه روزنه‌ای پس می‌زند. گماشته جوانی از کنار سورچی پایین می‌پرد و دَرِ سمت چپ کالسکه را باز می‌کند. مردی ـ شاید چهل‌سـاله ـ بلندبالا، با شانه‌هایی پهن اما اندکی خمیده، از کالسکه بیرون می‌آیـد. لباسـی نظامـی بـر تـن دارد و یراق‌هـای فـراوانش زیر نـور آفتـابِ تنـد بعدازظهـر تابستانِ تهران۱۲۵۲ خورشیدی برق می‌زنـد. مرد چهـره‌ای مطبـوع، ابروهایی درهم و پیشانی‌ای گرفته دارد. حتماً این مرد، مرادعلی‌خان سلطان است. پس پسـرش کجاسـت؟

گماشته، ابتدا به‌سوی در خانه می‌آید و حلقه بر در می‌کوبد و سپس به‌سوی سورچی که در حال بیرون گذاشتن بسته‌هایی از کالسکه است، می‌دود. سـه سالی می‌شـد که نوش‌آفرین هر روز وقتی حوصله‌اش سر می‌رفت یا دلتنگ می‌شـد، پشت پنجره این اتاق می‌نشست و رفت‌وآمد مردمان و اسب‌ها و درشکه‌ها را تماشا می‌کرد. اتاق در قسمت بیرونی خانه و محل پذیرایی میهمانان برادرش بود و تنها اتاقی بود که پنجرهِ چوبی مشبک و نسبتاً بزرگی به خیابان تازه‌ساز ناصریه،

یکی از دو ـ سه گذرگاه مهم تهران داشت. خیابانی با خانه‌هایی نسبتاً تازه‌ساز و باغ‌هایی بزرگ و زیبای قدیمی. خیابانی که خاص مردمان سرشناس و مرفه و فرنگ رفته و یا خارجی‌هایی بود که در دوران ناصرالدین‌شاه رفت‌وآمدشان به ایران بیشتر شده بود. نوش‌آفرین این خانه را دوست می‌داشت؛ برخلاف خانه قبلی که برایش به زندانی هولناک می‌مانست.

چهار سال پیش، وقتی پدرش، او و برادرش را به خانه برادر بزرگ‌ترشان در ایران فرستاد، علی‌خان تازه خانه‌ی کوچکی خریده بود در عودلاجان. محله‌ای با کوچه‌هایی تنگ و تاریک و کثیف و خانه‌هایی با دیوارهای گلی، که از هر اتاقش چندین نفر بیرون می‌آمدند. تنها حُسن‌اش این بود که مردمانی با دین‌های مختلف، زرتشتی، یهودی و مسیحی در آن منطقه زندگی می‌کردند و کمتر از مناطق دیگر مورد اذیت و آزار مسلمانان قرار می‌گرفتند.

نوش‌آفرین بیشتر اوقات در گوشه‌ای نشسته بود و بر مرگ مادرش و سرنوشت خودش اشک می‌ریخت. برادرش هم همیشه او را دلداری می‌داد: «غصه نخور درست می‌شود، اگر وضع من بهتر شود، حتماً خانه‌ی بهتری می‌گیریم. البته این‌جا تفلیس نیست. همه‌جا همین است که می‌بینی. دو ـ سه خیابانی هست که فقط شازده‌ها و پولدارها در آنجاها زندگی می‌کنند. ما نمی‌توانیم به آنجاها برویم، اما حتماً به جایی بهتر از این‌جا خواهیم رفت».

فقط یک‌سال بعد بود که برادرش خانه‌ای زیبا و بزرگ در خیابان ناصریه خرید. از وقتی به این خانه آمده بودند نوش‌آفرین روحیه‌اش تغییر کرده بود و خوشحال به نظر می‌رسید. اگرچه این محله هم شباهتی به خیابان‌های زیبا و آبادِ تفلیس نداشت، اما به‌خاطر باغ‌های زیبایی که در آن بود، گاهی او را یاد خیابان میخیل در تفلیس می‌انداخت. خیابانی که او در آن به‌دنیا آمده و رشد کرده بود. خیابانی که روس‌ها نامش را عوض کردند و "میشل" گذاشتند. اما بیشتر مردم هنوز آن را میخیل می‌خواندند.

علی‌خان، خانه تازه را از یک کنسول عثمانی که می‌خواست ایران را ترک کند، خریده بود. دوسالی می‌شد که پزشک معالج او و خانواده‌اش بود. در واقع آن‌ها به خاطر قحطی بزرگی که از سال ۱۲۴۹ خورشیدی ایران را دربرگرفته و بیش از یک‌سوم جمعیت آن را نابود کرده بود، می‌خواستند از ایران فرار کنند. اما مشتری برای خانه پیدا نمی‌شد و کنسول هم می‌خواست به نوعی کمک‌های صادقانه‌ی حکیم علی‌خان را جبران کند. از این‌رو، خانه و بیشتر اثاثیه آن را به قیمتی خیلی کم، به او فروخته بود. علاوه‌بر آن، کنیز و غلام‌اش را هم که خریداری نداشت، درست یک‌روز قبل از سفرش، به او بخشیده بود.

به‌این‌ترتیب علی‌خان با پس‌اندازی که داشت و پولی که از فروش خانه عودلاجان به دستش رسیده بود، به‌علاوه وامی که با گرو گذاشتنِ خانه، از یکی از بازرگانان شهر گرفته بود، صاحب خانه‌ای زیبا و بزرگ و کنیزوغلامی کارآمد شده بود. ابتدا علی‌خان می‌خواست مبارک‌وسنبل، کنیزوغلامِ اهدایی را به دیگران بفروشد، چون علاوه‌براین‌که او یک نوکر داشت، تأمین غذای آن‌ها در آن شرایط قحطی برایش آسان نبود. ولی آن‌ها چنان گریه‌وزاری راه انداختند که دل نوش‌آفرین به‌درد آمد و با التماس از برادرش خواست از فروش آن‌ها درگذرد. گفته بود: «قول می‌دهم، قول می‌دهم من و حسین غذایمان را با آن‌ها قسمت کنیم».

در آن‌زمان، برده‌های ایران مثل برده‌های خیلی از جاهای دیگر دنیا، هیچ دستمزدی دریافت نمی‌کردند. فقط ارباب‌ها اگر می‌خواستند غذا و لباس آن‌ها را تأمین می‌کردند. نوکر و کلفت‌ها هم دستمزدی نداشتند فقط فرق‌شان با برده‌ها این بود که خرید و فروش نمی‌شدند و هرگاه می‌خواستند، می‌توانستند خانه صاحبان خود را ترک کنند. سنبل و مبارک، برادر و خواهر دوقلوی هجده‌ساله‌ای بودند که در عثمانی و از مادری حبشی به‌دنیا آمده و در دوازده‌سالگی به وسیله‌ی یکی از کنسول‌های عثمانی به ایران آورده شده بودند. ترکی را خوب می‌دانستند و فارسی را اندک. همه وحشت آن‌ها از این بود که از ایران

ببرندشان. می‌گفتند وقتی به ایران آورده می‌شدند، مادرشان خوشحال بود چون شنیده بود که ایرانی‌ها از همه‌ی صاحب‌ها، رفتارشان بهتر است.

بعدها، روزی علی‌خان به نوش‌آفرین گفت: «خدا خواسته بود که تو نگذاشتی آن‌ها را بفروشم. نه فقط روزی‌شان رسید، بلکه بودن آن‌ها خیلی به من کمک کرد. تازه متوجه شدم که توی تهران هرچه کنیز و غلام و نوکر بیشتر داشته باشی، اعتبارت بیشتر است. هنوز یک سال نشده، هم درجه گرفتم و هم مشتری‌هایم زیادتر شدند.»؛ البته علی‌خان این را نگفت که سنبل (مثل همه کنیزها) نیازهای جنسی آقای خانه را هم برآورده می‌کند؛ چیزی که نوش‌آفرین هم می‌دانست و به‌روی خودش نمی‌آورد.

* * *

نوش‌آفرین با شنیدن صدای خوش‌آمدگویی‌های برادرش، به سرعت اتاق پذیرایی را ترک می‌کند، از راهروی بلندی که بیرونی را به اندرونی وصل می‌کند می‌گذرد و به اتاق خودش می‌رود. شب گذشته برادرش به او گفته بود: «عباسعلی‌خان، پسر مرادعلی‌خان سلطان برای بیماری‌اش برای دیدن او می‌آید. و مدت‌ها از جاه و مقام مرادعلی‌خان و پسرانش که همه از بزرگان سوادکوه بودند، برای او گفته بود:

ـ شازده کامران‌میرزا سفارش مخصوص او را کرده است. یاور فوج سوادکوه است و رئیس تأمینات بابل.

این را گفته بود و با خنده ادامه داده بود که:

ـ تازه مهم‌تر از همه مادرش هم گرجی بوده است.

لحظاتی بعد که از راهروی رو به حیاط جلوی اتاقش به تماشای برادرش و میهمان او ایستاده است، سنبل به اتاق می‌دود: «عبدالله می‌خواهد بداند تکلیف‌اش با هدایایی که «جناب‌خان» آورده چیست»؟

* * *

از همان روز اول که به این خانه اسباب‌کشی کردند، علی‌خان اتاق بزرگ و دلبازی را در اندرونی به نوش‌آفرین داد. این اتاق، دری هم به راهرویی داشت که به طبقه پایین و راهروی اتاق‌های بیرونی می‌رفت؛ و اتاق کوچک‌تری را به حسین داد که پس از آمدن به آن خانه، کمک‌ـ‌دست پزشکی‌اش شده بود. عبدالله هم که قبلاً فقط روزهایی که او مریض داشت همراهش بود و کیف و وسایل او را می‌کشید، به خانه‌اش آورد و به او و سنبل و مبارک اتاق‌هایی را در زیرزمین داد. در واقع عبدالله شده بود پیشخدمت مخصوص، و سنبل و مبارک هم به کارهای خانه و آشپزخانه می‌رسیدند. نوش‌آفرین هم عملاً شده بود بانوی خانه. اگرچه می‌دانست برادرش در آرزوی ازدواج با منورالدوله، دختر ضرغام‌الدوله، یکی از خانواده‌های سرشناس تهران است و اگر این ازدواج سربگیرد، به‌زودی آن دختر بانوی خانه خواهد شد.

فصل هفتم

خانه دو طبقه‌ایِ علی‌خان، مانندِ بیشتر خانه‌های تازه‌سازِ محله ناصریه، معماری اروپایی و ایرانی درهم‌آمیخته‌ای داشت. اتاق‌هایی با پنجره‌هایی بلند، رو به ایوانی با ستون‌هایی سفید گچ‌بری شده، و همه رو به حیاطی نسبتاً بزرگ که میان آن حوضـی شـش‌ضـلعی قـرار داشـت بـا باغچـه‌هایی دورتـادور آن. باغچه‌هایی که در تابستان‌ها مملو از گل‌های رنگارنگ و معطـر می‌شـد. دو پلکان هشت پله‌ای، اندرونی و بیرونی را به حیاط وصل می‌کرد: یکی پلکانی که از قسـمت اندرونِی و از داخـل سـاختمان بـه پاییـن می‌رسـید؛ و دیگری پلکانی پهن‌تر که از راهروی روبروی بیرونی به حیاط وصل می‌شد.

***

نوش‌آفرین و به دنبالش سنبل، از راهروی باریک مقابل اتاق نوش‌آفرین می‌گذرند و از پله‌هایی که به اندرونی طبقه پایین می‌رسند پایین رفته و وارد آشپزخانه می‌شوند. همانجا که مبارک بقچه‌ها را کنار هم روی زمین چیده است. نوش‌آفرین مدت‌ها در میان بقچه‌های باز شده‌ای که در هر کدام از آن‌ها هدیه‌ای خوردنی یا پوشاکی‌ست، می‌گردد و با تعجب هدیه‌ها را زیر و رو می‌کند.

***

براساس رسم موجودِ آن‌روزگار معمولاً بیماران، بنابر وضعیت مالی که داشتند، همراه خود هدیه‌ای برای پزشک‌شان می‌بردند و یا پس از بهبودی، هدیه‌ای بزرگ‌تر یا پول برایش می‌فرستادند، اما نوش‌آفرین در مدت چهارسالی که در ایران زندگی کرده بود، هیچ‌وقت این‌همه هدیه را از سوی بیماران برادرش یک‌جا ندیده بود. به‌ویژه که هنوز اثرات قحطی مرگباری که تهران و بیشتر شهرهای ایران را در خود گرفته بود، در همه جا دیده می‌شد.

***

آن‌ها مشغول جابه‌جا کردن هدیه‌ها هستند که علی‌خان به سراغشان می‌آید و از حسین می‌خواهد تخت بیمار را آماده کند:

ـ یاور عباسعلی‌خان حال خوشی ندارد و باید برای مدتی در این‌جا بستری شود.

و بـه سـنبل می‌گویـد هـرچـه زودتـر تـدارک شـامی «مناسـب میهمـان عالیقدر»شان ببیند.

نوش‌آفرین تازه می‌فهمد که میهمانشان خود عباسعلی‌خان است و نه پدرش علی‌مراد خان سلطان و با تعجب به سنبل می‌گوید:

ـ فکر می‌کردم این آقا خود مرادعلی‌خان سلطان است.

سنبل نگاهی به او می‌کند:

ـ نه خانم، سلطان مرادعلی‌خان چند سال است مرحوم شده. خدایش بیامرزد، او هم مرد سخاوتمندی بود. هروقت که به خانه قنسول می‌آمد چند نفر سوغاتی‌هایش را حمل می‌کردند.

علی‌خان حکیم قبل از آن‌که از در بیرون برود به نوش‌آفرین می‌گوید:

ـ این قدر ترکی حرف نزن، فارسی را درست یاد نخواهی گرفت.

نوش‌آفرین نگاه مهرآمیزی به برادرش می‌کند و با خنده‌ی شیرینی به فارسی می‌گوید:

ـ همین حالا هم فارسی‌ام از خودت بهتر است.

***

از وقتی نوش‌آفرین به ایران آمده بود، برادرش علی‌خان اصرار داشت که او و حسین هر چه زودتر فارسی را یاد بگیرند. بالأخره هم آن‌ها را فرستاد نزد «ملیک کوچاریان» از ارامنه گرجستان که به زبان روسی و فارسی تسلط داشت. خودش وقتی تازه به ایران آمده بود دو سال، هفته‌ای دو روز برای یادگیری خواندن و نوشتن فارسی نزد او می‌رفت. در عوض شده بود پزشک او و خانواده‌اش. کوچاریان شاگرد "ساموئل گول‌زادیان" زبان‌شناس مشهورِ جلفای اصفهان بود. وقتی نوش‌آفرین و حسین هم آمدند به پیشنهاد خود کوچاریان، علی‌خان آن‌ها را نیز برای یادگیری فارسی نزد او فرستاد.

فصل هشتم

ماندن عباسعلی‌خان در خانه علی‌خان به درازا کشید. علی‌خان در همان بیست و چهار ساعت اول دریافته بود که عباسعلی‌خان به بیماری دیابت مبتلاست، و برای اطمینان خاطر مقداری از ادرار عباسعلی‌خان را به مبارک چشانده بود تا اندازه شیرینی ادرار را دریابد. این روشی بود که او در بیمارستانِ "دانشگاه سچینوا"ی روسیه برای اندازه‌گیری قند خون از پزشکان روسی آموخته بود.

علی‌خان حکیم، که نام اصلی‌اش آلکساندر بود، در بیست و یک سالگی به ایران مهاجرت کرده بود. او از نوجوانی علاقه زیادی به پزشکی داشت. در بازی‌های کودکانه‌اش همیشه نقش پزشک را برای خودش انتخاب می‌کرد. او به توصیه مادرش از پانزده سالگی، هفته‌ای چند روز را در بیمارستان جدیدی در نزدیکی خانه‌شان، زیر دست پزشکی که از اقوام مادری‌اش بود، با علم پزشکی آن‌زمان آشنا شده بود. وقتی هجده سالش شد، رئیس روسی بیمارستان که همیشه استعداد او را تحسین می‌کرد، سفارش‌نامه‌ای به دانشگاه "سچینوا" در مسکو نوشت و آن‌ها بلافاصله او را برای تحصیل در رشته پزشکی دعوت کردند. ولی او

فقط دو سال در آن دانشگاه بود که پدرش آرازبیگ او را به گرجستان برگرداند، و سپس با وجود مخالفت‌های همسرش، او و پسر دیگرشان ابوالقاسم را به ایران فرستاد.

در ایران، علی‌خان تازه فهمید پدرش جزو کسانی است که سال‌هاست در شورش‌های علیه روس‌ها فعال بوده است. از وقتی روس‌ها، "ایراکلی دوم" را که پادشاه گرجستان شرقی بود برکنار کردند و گرجستان را به‌عنوان یکی از فرمانداری‌های روسیه اعلام کردند، بیشتر گرجی‌ها به شدت با آن‌ها مخالف شدند و به‌سرعت و برای چندین دهه در سراسر گرجستان گروه‌هایی شورشی علیه روس‌ها تشکیل شد. مهم‌ترینِ این گروه‌ها طرفداران شاهزاده الکساندر، فرزند و ولیعهد گرجستان بودند. آرازبیگ یکی از این شورشی‌ها بود. گذشته از آن، شاهزاده الکساندر در ایران هم بسیار محبوب بود، زیرا همیشه در جنگ‌های ایران و روس، طرف ایرانی‌ها را می‌گرفت. در ایران او را به نام «شازده اسکندرمیرزا» می‌شناختند.

آرازبیگ حتی تا چندین سال پس از مرگ شاهزاده در شورش‌های علیه روس‌ها شرکت می‌کرد، و آنگاه که به او خبر دادند تحت تعقیب است، از ترسِ به خطر افتادن خانواده‌اش، ابتدا پسران بزرگ‌ترش "الکساندر" و "اختاو" را به ایران، که در آن هنگام از شورشیان گرجیِ مخالفِ روسیه حمایت می‌کرد، فرستاد و سپس همسرش "رایا" و نوش‌آفرین و کوچک‌ترین پسرش "اوتار" را به "زوگدی دی" که زادگاه همسرش بود منتقل کرد.

"رایا" چند سال بیشتر دوام نیاورد و بر اثر سکته قلبی درگذشت و آرازبیگ که همچنان در ارتباط با مبارزین گرجیِ ضد روس بود، بلافاصله ترتیب انتقال اوتار و نوش‌آفرین را به ایران داد.

در لحظه‌ی خداحافظی به آن‌ها گفت: «در حال حاضر، ایران برای شما امن‌تر است. برادرهایتان و فامیل من آنجا هستند. شاید روزی نه چندان دور این

روس‌های لعنتی بروند و همه‌تان برگشتید. شاید هم من به آنجا آمدم، اما اکنون نمی‌توانم».

این‌ها را گفت و گردنبند صلیب رایا و ساعت جیبی خودش را که در کیسه‌ی کتانی سفیدی بود، به نوش‌آفرین داد و او را سخت در آغوش گرفت.

***

الکساندر و اختاو، هر دو پس از ورود به ایران، به همت پسرعموی پدرشان که در ارتش ایران یاور بود، با نام علی و ابوالقاسم به خدمت ارتش درآمدند. در آن‌زمان جوانان گرجی و قفقازی اگر مسلمان بودند یا نشان می‌دادند که مسلمان‌اند، به‌راحتی وارد ارتش ایران می‌شدند؛ و از آنجایی که وابستگی‌های محلی و قبیله‌ای در ایران نداشتند، بیشتر مورد اعتماد بودند و پس از دیدن دوره‌هایی نظامی معمولاً برای محافظت از قصرهای سلطنتی، سفارت‌خانه‌ها، شاهزاده‌ها و افراد مهم مملکتی به‌کار گمارده و صاحب جیره و مواجب می‌شدند.

ابوالقاسم هجده‌ساله به‌دنبال آموزش تیراندازی و شناخت توپ و تفنگ رفت و علی‌خان بیست‌ویک ساله اما به دلیل آشنایی با پزشکی، به بخش‌های اداری فوج تهران فرستاده شد.

او با همه‌ی جوانی، به سرعت به‌عنوان یک «حکیم درس خوانده خارجی» جای خود را در میان گرجی‌های تهران و به‌ویژه نظامی‌های وابسته به دربار باز کرد و فقط بیست‌وچهارسالش بود که کامران‌میرزا نایب‌السلطنه و حاکم تهران، که شهرت او را در پزشکی شنیده بود، او را برای معالجه همسر محبوبش، سرورالدوله، که گرفتار دل درد کهنه‌ای بود به خانه‌اش خواند. بهبودی سرورالدوله، آغاز پیشرفت‌های علی‌خان بود. او به مرور یکی از پزشکان ایرانی خانواده کامران‌میرزا شد. بعدها و پس از خرید خانه جدید گاهی هم به توصیه منیرالسلطنه مادر کامران‌میرزا و همسر ناصرالدین‌شاه، به عیادت برخی درباریان

می‌رفت؛ و از آنجا که زبان ترکی و روسی را به‌راحتی تکلم می‌کرد، افراد دیگری در سفارت‌خانه عثمانی و روس نیز از مشتریان او شدند.

تعداد زیاد بیماران سبب شد که علی‌خان در خانه‌ی جدید، همچون معدود پزشکان مرفه و سرشناس دیگر، بخشی از زیرزمین خانه‌اش را تبدیل به مریض‌خانه‌ای کند که در آنِ واحد می‌توانست پذیرای چهار بیمار باشد. در آن‌زمان بیشتر پزشکان و حکیم‌های سنتی به خانه‌ی مریض‌ها می‌رفتند و مطب و بیمارستانی برای بستری شدن بیماران نبود.

تقریباً در همان سال ۱۲۵۲ خورشیدی، بیمارستانی با نام «مریض‌خانه دولتی» در محله هشت‌گنبد تهران تأسیس شد. فکر تأسیس مریض‌خانه را ناصرالدین‌شاه، وقتی از فرنگستان بازگشت، با ناظم‌الاطباء، طبیب مخصوص‌اش درمیان گذاشت و هم او بود که پس از تأسیس بیمارستان، ریاست آن را هم بر‌عهده گرفت. با این‌حال، تا سال‌ها پس از تأسیس این بیمارستان، بیماران، به‌ویژه آن‌ها که مرفه و یا سرشناس بودند از رفتن به آنجا خودداری می‌کردند و ترجیح می‌دادند یا در خانه خود معالجه شوند و یا در خانه برخی از پزشکانی که مریض‌ها را در خانه خود بستری می‌کردند.

در همان مریض‌خانه علی‌خان بود که عباسعلی‌خان یاور، نزدیک به یک ماه و یازده روز بستری و تحت مراقبت‌های پزشکی علی‌خان و پرستاری حسین و نوش‌آفرین قرار گرفت.

فصل نهم

نوش‌آفرین، اولین‌بار عباسعلی خان را از نزدیک، سر سفره شام و در کنار حوضی که انبوه گل‌های تابستانی معطر در باغچه‌های اطرافش جلوه‌گری می‌کردند، دید. عباسعلی خان با چهره‌ای سوخته، چشمانی درشت، بینی بزرگ و سبیل‌هایی پُرپشتِ جوگندمی که گهگاه لبخندی مطبوع از زیر آن نمایان می‌شد، نوش‌آفرین را یاد پدرش می‌انداخت.

نوش‌آفرین، برخلاف زنان ایرانی، بن بر رسمِ زنان ارمنی، یا زنان اروپایی که به ایران می‌آمدند، وقتی برادرش مهمانی آشنا داشت، در مقابل آن‌ها حضور پیدا می‌کرد و گاهی نیز با آن‌ها غذا می‌خورد. اما این مهمان سرنوشت او را تغییر داد.

***

عباسعلی خان در مقابل سلامِ نوش‌آفرین، همانطور که به پشتی تکیه داده است، اندکی جابه‌جا می‌شود و با مهربانی جواب سلام او را می‌دهد و با لبخندی می‌گوید:

ـ لباس شما گرجی‌ست؟ مادرم، خدا رحمتش کند، دور از جان شما، بیشتر وقت‌ها همین‌گونه لباس می‌پوشید.

نوش‌آفرین لباسی بلند و پرچین، به‌رنگ زرد بر تن دارد، با جلیقه‌ای نازک سُرمه‌ای رنگ و کلاه کوچکی به همان‌رنگ که از زیر آن حریری صورتی بیرون آمده و موها و گردن او را می‌پوشاند و جز بخش‌هایی از صورتش دیده نمی‌شود.

علی‌خان از این‌که عباسعلی‌خان با روی خوش با خواهرش برخورد کرد خوشحال است و به سبک گرجی‌ها او و برادرش را معرفی می‌کند:

ـ نوش‌آفرین خواهر من است و حسین برادرم. چهار سال بیشتر نیست که به ایران آمده‌اند.

عباسعلی‌خان لبخندی می‌زند و می‌گوید:

ـ اتفاقاً من خاله‌زاده‌ای داشتم که نام او نیز نوش‌آفرین بود. فکر می‌کنم این نام پارسی باشد. خاله‌زاده‌ام می‌گفت این نامی‌ست که شاه‌عباس بر روی یکی از زنان گرجی‌اش گذاشته بود.

علی‌خان بلافاصله می‌گوید:

ـ بله فکر می‌کنم پارسی باشد. نامی‌ست که پدرم برای نوش‌آفرین انتخاب کرده. پدر خدایی‌آمرزم نوجوان بود که پدر و مادرش او را از آذربایجان به گرجستان بردند.

عباسعلی‌خان سری تکان می‌دهد و می‌گوید:

ـ خدا رحمت‌شان کند، نام زیبایی انتخاب کردند.

نوش‌آفرین لبخندزنان دوباره از عباسعلی‌خان تشکر می‌کند.

*****

نوش‌آفرین و برادرش اوتار وقتی به تهران آمدند، عموزاده‌های پدرش، نام اوتار را «حسین» گذاشتند و نام نوش‌آفرین را «زهرا». اما نوش‌آفرین هیچ‌وقت پاسخ کسانی که او را با این نام می‌خواندند، نداد و بالأخره همه ناچار شدند او را نوش‌آفرین صدا بزنند.

*****

علی‌خان با سپاسگزاری از عباسعلی‌خان بابت هدایای سخاوتمندانه‌اش، موضوع صحبت را عوض می‌کند و درحالی‌که ظرف میوه‌ای را مقابل او گرفته، می‌گوید:

ـ بعد از قحطی وضع مازندران چگونه است؟

ـ خدا را شکر، قحطی زیان سختی به ما نزد. ما هنوز باران داریم و زمین‌هایمان بارور هستند. دیروز در خانه جناب شازده کامران‌میرزا شنیدم هنوز در اصفهان و یزد و مشهد مردم وضع خرابی دارند.

ـ بله شهرهای دیگر هم بهتر از آنجاها نیست. یکی از بیماران قشقایی‌ام می‌گفت شصت هزار خانوار قشقایی به دوازده هزار نفر رسیده‌اند. بیشتر مردم از گرسنگی و بیماری‌های ناشی از بی‌غذایی مرده‌اند. احتکار، پدر مردم را درآورده. ملاکان بزرگ هم قیمت غلات را هر روز بالاتر می‌برند.

عباسعلی‌خان سری به مخالفت تکان داد و گفت:

ـ نه، والله همه را نباید گردن ملاکین انداخت. من خودم شاهد هستم که ملاکین مرتب غلات خودشان را به میدان می‌فرستند. اما تجار فرصت‌طلبِ سودجو به دروغ به مردم می‌گویند گندم و جو نیست، تا قیمت‌ها را بالا ببرند. حتی نمی‌گذارند قبله‌عالم این چیزها را بداند. من خبر دارم که قبله‌عالم تا وقتی در عتبات تشریف داشتند، نمی‌دانستند چه خبر است. متأسفانه خبرها را خلاف به ایشان می‌دادند. خبر دارم درست در اوج قحطی و مرگ‌ومیر تلگرافی به ایشان زدند و تأکید کردند که اوضاع و احوال عمومی خیلی هم خوب است.

***

دو_سه سالی بود که بیشترین گفتگو در میان اندک مردمانِ روشنفکر و باسواد درباره قحطی بود. اما افراد مرفه که در بین آن‌ها زیاد بودند، سعی می‌کردند نقش بدکاری دولت، و به‌ویژه بی‌خیالی دربار را در وضعیت موجود ندیده بگیرند.

***

علی‌خان از جا برمی‌خیزد تا به بهانه‌ی آوردن شربتی از برگ گیاهان مختلف که خود برای بیماران قندی ساخته، بحث را عوض کند که صدای نرم نوش‌آفرین فضا را پر می‌کند:

ـ حتماً قبله‌ی عالم می‌دانند و به‌روی خودشان نمی‌آورند. قبل از این‌که به این خانه بیاییم، من خودم شاهد چیزهایی بودم که هنوز از یادآوری‌اش می‌لرزم. هنوز هم تقریباً همه‌ی مزارع اطراف تهران از بی‌آبی خشک شده‌اند و انبارهای مواد غذایی یا خالی شده‌اند و یا مالکین و محتکرین درهای آن‌ها را بسته‌اند تا آن‌ها را دیرتر و با قیمت بیشتری بفروشند. حتی سگ و گربه و چهارپایان، خوراک مردمان فقیر گرسنه شده و برخی از شدت گرسنگی دست به هر دزدی و جنایتی می‌زنند. تازه چند‌وقت پیش، یکی از بیماران داداش روزنامه‌ای روسی با خود داشت. در آن نوشته بودند که وضع ایران از دوره‌ی کُشت و کشتار مغول‌ها هم بدتر شده است. یعنی قبله‌ی عالم این روزنامه‌ها را نمی‌بینند؟

خون به صورت علی‌خان می‌دود، حسین مضطربانه جابه‌جا می‌شود، ولی عباسعلی‌خان در‌حالی‌که با صدای بلند می‌خندد، خطاب به علی‌خان می‌گوید:

ـ ماشاالله خواهرتان هم مثل خودتان باهوش و باسوادند.

علی‌خان یکی از بطری‌هایی را که تا کمر در آب حوض گذاشته شده، بیرون می‌آورد و در‌حالی‌که به عباسعلی‌خان نزدیک می‌شود، به جای پاسخ به این تعارف، با خنده‌ای می‌گوید:

باید از این شربت سه‌بار در روز بخورید. از برگ درخت گردو و دارچین است. وقتی در دانشگاه سچینوا بودم، می‌گفتند اثرات این گیاهان روی بیشتر بیمارانی که استسقاء داشتند مثبت بوده است.

و استکانی را از شربت پر کرده و به دست عباسعلی‌خان می‌دهد:

ـ بهتر است قبل از شام خورده شود.

همزمان به اشاره او، مبارک و سنبل و عبدالله ظرف‌های انباشته از غذاهای مختلف را از آشپزخانه بیرون آورده و در میان سفره سفیدرنگی که در مقابل آن‌ها بود قرار می‌دهند.

اما نوش‌آفرین رغبتی به خوردن غذا ندارد. خاطرات ماه‌های اولی که به تهران آمده و با چهره هیولای قحطی روبرو شده بود، باز برایش زنده شده‌اند؛ وقتی که حسین راضی‌اش کرد تا به کلیسا بروند: «چند خیابان آن‌طرف‌تر است. من با یک پیرمرد قفقازی که از آنجا بیرون آمد حرف زدم. لهجه‌اش درست مثل پدر بود. گفت کلیسا را هفتاد ـ هشتاد سال پیش، گرجی‌ها ساختند. آن‌وقت‌ها فقط یک نمازخانه داشت و یک قبرستان کنارش. اما تازگی‌ها به دستور انگلیس‌ها برایش ساختمانی ساخته‌اند. من به آنجا سرک کشیدم. پیرمرد گفت می‌توانی بروی تو. کسی با تو کاری ندارد. تو نرفتم اما از بیرون دیدم. تمیز و قشنگ است. البته نه مثل کلیساهای تفلیس ولی...»

در سرمای صبح دی‌ماه ۱۲۴۹ خورشیدی، نوش‌آفرین پوشیده در چادری سیاه که همسرِ عموی پدرش، همان روزهای اولی که به ایران آمد، برایش آورده و سرپوشی از ململ نازک سفید که روی چادر می‌افتاد، در کنار حسین راهی کلیسای "تادئوس وبارتوفیمئوس" می‌شوند. حسین چوب دستی کلفتی به‌دست دارد برای مقابله با سگ‌های گرسنه و یا گدایانی سمج و پرخاشگر که به‌ویژه پس از قحطی تعدادشان زیادتر شده است. او با این‌که فقط دو سال از نوش‌آفرین بزرگ‌تر است، از همان روز اول ورود به تهران، مرتب از خانه بیرون رفته است و به اصرار از علی‌خان اجازه گرفته که خرید نان را که به‌دلیل قحطی، به‌دست آوردنش نیاز به ایستادن در صف‌های بلند دارد را به عهده او بگذارد. او تقریباً به بیشتر کوچه‌ها و گذرهای اطراف خانه‌شان سر کشیده است. اما حالا به خاطر نوش‌آفرین، به آهنگ قدم‌های او راه می‌رود و همه‌ی

حواسش با اوست. نوش‌آفرین سعی می‌کند از کنار دیوارهای گلی کج‌وکوله و از جاهایی عبور کند که کمتر گل‌آلود باشد. با این‌حال، گالش‌هایش و لبه چادرش گل‌آلود شده‌اند. وسط بیشتر کوچه‌ها فرورفتگیِ باریکی شبیه جوی وجود داشت که بدون قطره‌ای آب، اما انباشته از زباله است. بوی زباله‌ها نوش‌آفرین را به‌شدت آزار می‌دهد.

***

تا وقتی که عباسعلی‌خان در خانه حکیم علی‌خان بود، سنبل، هرشب بساطِ تـنقلات را در کنـار حـوضِ شـش‌ضـلعی کوچـک، میـان حیـاط پهن مـی‌کـرد. عباسعلی‌خان که معمولاً قبای شکلاتی‌رنگی بر دوش داشت، از زیرزمین بیرون می‌آمد و می‌نشست بر مخده‌ای و تکیه می‌داد بر پشتی، و چون قصه‌گویی ماهر، از خاطراتش می‌گفت.

اما برخی شب‌ها، وقتی که او در نوشیدن غذا و شراب زیاده‌روی می‌کرد، بی‌حوصله و عصبی می‌شد، گاهی عرق می‌ریخت و گاه به‌شدت احساس سرما می‌کرد. آنگاه حسین یا نوش‌آفرین می‌دویدند و پتویی را از زیرزمین می‌آوردند و بر شانه‌های عباسعلی‌خان می‌انداختند.

شب‌هایی هم بود که عباسعلی‌خان مدت‌ها سکوت می‌کرد و شیرین‌زبانی و قصه‌گویی‌اش متوقف می‌شد. وقتی به این حال درمی‌آمد، علی‌خان می‌گفت که باید استراحت کند و به کمک حسین و مبارک هیکل بلند و درشت او را به مریضخانه زیرزمین می‌بردند و بر تخت می‌خواباندند.

با این‌حال، حضور عباسعلی‌خان روح تازه‌ای به خانه‌ی آن‌ها داده بود. به‌ویژه که پس از دو هفته بر اثر مراقبت‌های علی‌خان و پرستاری‌های نوش‌آفرین و حسین، جان تازه‌ای گرفته بود. دیگر از تشنج و عرق‌ریزی‌های شبانگاهی خبری نبود. شاد و سرحال سربه‌سر همه می‌گذاشت و با نوشیدن اولین گیلاس شرابی که دوستان ارمنی علی‌خان برایش می‌انداختند، سرش گرم می‌شد و با زبانی گرم

و شیرین قصه‌های سفرها و جنگ‌ها و پیروزی‌هایش را برای آن‌ها تعریف می‌کرد. علی‌خان و نوش‌آفرین محو قصه‌هایش می‌شدند، و حتی حسین هم که از سربازی و جنگ و توپ و تفنگ بدش می‌آمد از سخنان او لذت می‌برد.

اما در تمام آن شب‌ها، نوش‌آفرین که با شگفتی و تحسین به عباسعلی‌خان گوش می‌داد، یک‌بار هم به این فکر نکرده بود که ممکن است روزی این مرد که به سن پدرش بود همسر او بشود.

عباسعلی‌خان اما دل به نوش‌آفرین باخته بود و درست روزی که از آنجا می‌رفت، نوش‌آفرین را از علی‌خان برای عقدی دائم خواستگاری کرد و با این قول که تا آخر عمر با هیچ زنی جز او نباشد.

نوش‌آفرین با شنیدن این خواستگاری به‌شدت جا خورد و به تلخی از برادرش جدا شد و به اتاق خودش رفت. اما شب هنگام، وقتی با برادرانش برای صرف شام در کنار باغچه می‌نشست، چون برادرهایش جای خالی عباسعلی‌خان را کاملاً حس می‌کرد.

عباسعلی‌خان در آخرین لحظه، قبل از ترک خانه آن‌ها، سر در گوش علی‌خان گذاشته و گفته بود: «اگر خبر خوبی برایم داشتی، خبرم کن که به‌سرعت برگردم. هر مبلغ و قراری هم نوش‌آفرین خانم بگذارد، قبول دارم».

فصل دهم

روزهای پیش از نوروزِ ۱۲۵۷ خورشیدی، سوادکوه ـ به‌ویژه آلاشت ـ مثل همه‌ی سال‌ها و چون همه جای ایران، سرشار از جنب‌وجوش و شادی بود. زن‌ومرد و پیر و جوان، هرکدام به‌نوعی درگیر مراسم نوروزی بودند. زن‌های آلاشتی، دسته‌دسته با کیسه‌های آرد از کوچه‌های باریک دهکده می‌گذشتند و به "دنگه سر" می‌رفتند تا آسیابان‌ها، آن‌ها را برایشان تبدیل به «دنکو» کند. جلوی در چوبی و گشاده آسیاب، صف بلندی بود. مشتری‌ها یکی یکی کیسه‌هایشان را به آسیابان می‌دادند و او با کمک شاگردش، آن‌ها را برایشان آرد می‌کرد، سهمی از آن را به عنوان مزد برمی‌داشت و بقیه را به آن‌ها می‌داد تا برای شب عید، نان کماج درست کنند.

مردهای جوان برای جمع کردن شاخه‌های خشکِ درختان به اطراف ده می‌رفتند تا آن‌ها را برای آتش چهارشنبه‌سوری بیاورند و پیرمردها در قهوه‌خانه‌ها به کشیدن تریاک و نوشیدن چای و قهوه و بازی تخته‌نرد مشغول می‌شدند.

در خانه پهلوان‌ها نیز سروصدای زن‌ها و بچه‌ها بلند بود. زن‌ها اطراف دو تنور ثابتی که در ضلع جنوبی حیاط قرار داشت و چند اجاق موقتی که وسط

حیاط و جلوی ساختمان برای نوروز برپا کرده بودند. در حال رفت‌وآمد بودند. برخی کنار تنور، نان می‌پختند و برخی هم شیرینی. اما بیشتر زن‌ها دور اجاقی بودند که در آن آش چهل‌گیاه پخته می‌شد. آشی که از گیاهان محلی؛ چون اریجه، زلنگ، گزنه، پونه، نعنا، گشنیز و انواع حبوبات می‌پختند و ویژه چهارشنبه‌سوری بود.

کنار یکی از اجاق‌ها نیز دختران جوان و بچه‌ها منتظر بودند تخم‌مرغ‌ها را از آب جوشیده‌ای که گیاه گزنه، سبزشان کرده بود بیرون بیاورند تا آن‌ها بتوانند با زغال نقش‌های دلخواهشان را بر آن‌ها بکشند. در اتاق‌ها نیز زن‌ها در حال آماده کردن چیزهایی بودند که برای چهارشنبه‌سوری و یا سفره‌ی نوروز ضروری می‌دانستند.

در آرام‌ترین اتاق از هفده اتاق خانه پهلوان‌ها، نوش‌آفرین و نونوش‌خانم کنار گهواره‌ی رضا نشسته بودند و با هم حرف می‌زدند. چهار روز از تولد پسر نوش‌آفرین گذشته بود و او اکنون از نونوش‌خانم می‌خواست تا او را به خانه خودش برگرداند. از وقتی عباسعلی‌خان را برای مداوا به شهر برده بودند، سه ماه و هفت روز بود که او در یکی از اتاق‌های بیرونی خانه‌ی پهلوان‌ها به‌سر می‌برد و حالا به‌طور ناگهانی تصمیم گرفته بود به خانه خودش برود. هم از آن‌همه شلوغی خسته شده بود و ترجیح می‌داد به خلوت خودش برگردد و هم دلش می‌خواست نوروز را آن‌طورکه می‌خواهد با پسر نوزادش در خانه خودش بگذراند. اما نونوش‌خانم به راحتی راضی نمی‌شد:

ـ تو را می‌فهمم. متوجه‌ام. اما داداش‌بیگ از من قول گرفت که تا وقتی برمی‌گردد پیش من و نبات باشی.

نوش‌آفرین دلش نمی‌آمد به چشمان نونوش‌خانم که مثل همیشه سرشار از شیرینی و مهربانی بود نگاه کند و «نه» بگوید. نگاهش را از پنجره به شاخ و برگ‌های درخت گلابی بزرگی که تازه سبز شده بودند دوخت و گفت:

ـ آره، اما عباسعلی‌خان فکر می‌کرد قبل از تولد بچه برمی‌گردد. فکر می‌کرد عید را این‌جا خواهد بود. حالا هم معلوم نیست چندوقت دیگر برگردد. دیروز شیرخان که قافله‌اش از تهران برگشته نامه‌ای از علی‌خان برای حسین آورده. برادرم نوشته حال عباسعلی‌خان اصلاً خوش نیست. او را برده‌اند به «مریضخانه دولتی» و حالا حالاها باید برای معالجه در تهران بماند.

ـ آره. من هم از عمو نصرالله‌خان شنیدم که دادش‌بیگ حال خوشی ندارد، اما خدا را چه دیدی شاید همین امروز و فردا حالش خوب شود و بیاید. اما تا نیامده این‌جا باش. امشب چهارشنبه‌سوری‌ست. همه اینجا خواهند بود. حداقل تا پایان ایام عید این‌جا باش.

نوش‌آفرین بدون آن‌که به نونوش‌خانم نگاه کند، حرف‌هایش را تکرار می‌کرد. و بالأخره هم تلاش‌های نونوش‌خانم برای نگاه‌داشتن نوش‌آفرین به جایی نرسید و در آخر با لحنی ملامت‌آمیز گفت:

ـ تو وقتی بخواهی کاری را بکنی استغفرالله، خدا هم حریفت نمی‌شود. چه بگویم؟. فقط بگذار کافیه را با تو بفرستم تا وقتی بچه‌ات جان بگیرد با تو باشد.

و بعد انگشت سبابه‌اش را رو به او گرفت و ادامه داد:

ـ اگر بگویی نه، دیگر نه تو و نه من!

کافیه، زن سی‌وپنج شش‌ساله‌ای بود که وقتی ده‌ساله بود، مادرشوهر نونوش‌خانم او را از بازار برده‌فروشان مکه خریده بود و بعدها وقتی پسرش با نونوش ازدواج کرد او را جزو هدایای ازدواج به عروس‌اش بخشید.

کافیه اصلیتی مصری داشت. زنی مهربان، کم‌حرف و عاقل بود. علاقه زیادی هم به بچه‌ها داشت.

نوش‌آفرین با خوشحالی از خواست نونوش‌خانم استقبال کرد و او را در بغل گرفت و بوسید:

ـ محبت‌های تو را فراموش نمی‌کنم و برایت همیشه دعا می‌کنم.

نونوش خنده‌ای کرد و گفت:

ـ چراغعلی را که زاییدم، تنها کسی که بیشتر از همه کمکم کرد همین کافیه

بود.

فصل یازدهم

وقتی کجاوه‌ای که با دو قاطر کشیده می‌شد، نوش‌آفرین، کودکش و کافیه را با وسایل آن‌ها به خانه عباسعلی‌خان رساند، حسین و باقر و همسرش جلوی در چوبی باغ به استقبال آن‌ها آمدند.

از وقتی عباسعلی‌خان به تهران رفت، حسین اداره خانه و مزارع آن‌ها را برعهده گرفته بود. قبلاً هم از آنجایی‌که عباسعلی‌خان اغلب اوقات حال خوشی نداشت و در بستر بود، از او می‌خواست که کارها را بگرداند. در این مدت او علاوه بر رسیدگی به کارهای دامداران و کشاورزانی که روی زمین‌های عباسعلی‌خان کار می‌کردند، سر و سامانی هم به وضع ساختمان داده بود. با کمک یدالله، نوکر عباسعلی‌خان که همراه با همسرش جمیله از بابل به آنجا آورده شده بودند، در و پنجره‌ها و دیوار اتاق پنج‌دری و اتاق خواب نوش‌آفرین را رنگ زده بود. دیوارها به رنگ سفید، نرده‌ها و پنجره‌ها به رنگ آبی لاجوردی، همان رنگی که نمای بیرونی خانه‌ی کودکی‌شان در خیابان نخیل تفلیس داشت.

نوش‌آفرین به کمک حسین از کجاوه پیاده شد، حسین را بغل کرد و گونه‌هایش را بوسید و سپس بچه‌اش را که قنداق شده و در جعبه‌ای حصیری

روی پاهای کافیه بود برداشت، در آغوش گرفت و درحالی‌که حسین هوای او را داشت به خانه‌اش پا گذاشت.

این خانه‌ای بود که نزدیک به سه‌سال پیش، وقتی که عباسعلی‌خان به دلیل بیماری‌های پیاپی، از ریاست تأمینات «بابل» کناره‌گیری کرد، از یکی از ملاکین سوادکوه که در تهران زندگی می‌کرد، خرید تا همانطور که به حکیم علی‌خان و نوش‌آفرین قول داده بود، هم نوش‌آفرین خانه‌ای از خود داشته باشد و هم بقیه عمر را چون بیشتر اهالی آلاشت، تنها به کشاورزی و دامداری مشغول شود. این خانه در نزدیکی زمین‌های کشاورزی او بود. زمین‌هایی که بخشی از پدر به او به ارث رسیده بود و بخش بزرگ‌تر، سهم او از هدیه‌ای بود که ناصرالدین‌شاه به‌عنوان خون‌بهای چراغعلی‌خان، عموی عباسعلی‌خان و پدرشوهر نونوش‌خانم به فامیل پهلوان‌ها بخشیده بود.

وقتی عباسلعی‌خان این خانه را خرید، نوش‌آفرین که فقط یک‌سال بود با عباسـعلی‌خان زنـدگی مـی‌کـرد، هـیچ رغبتـی بـرای آمـدن بـه آلاشـت نداشت. مـی‌دانسـت کـه دخـتران او در آلاشـت زنـدگی مـی‌کنند و فکر می‌کرد آن‌ها به پشتیبانی از مادرشان که به شدت از عباسعلی‌خان خشمگین بود، رابطه خوبی با او نخواهند داشت. البته همسر اول عباسعلی‌خان، او را به‌دلیل گرفتن یک زن جـوان صیغه‌ای، دو سـال قبـل از ازدواجـاش بـا نـوش‌آفرین، تـرک گفتـه بـود و به زادگاهش «شیرگاه» که فاصله زیادی تا آلاشت داشت برگشته و در آنجا زندگی می‌کرد.

اگرچه خانه آلاشت عباسعلی‌خان به بزرگی و زیبایی خانه پهلوان‌ها نبود، اما بنایی نسبتاً نو و باغی زیبا داشت. با این‌حال، نوش‌آفرین از آمدن به آنجا خوشحال نبود و تا قبل از دوستی با نونوش‌خانم، به‌ندرت از آن بیرون می‌آمد. او نه با کسی رفت‌وآمد داشت و نه با کسی هم‌سخن می‌شد. تنها نبات، خودش را به او نزدیک کرده بود. نبات کوچک‌ترین دختر عباسعلی‌خان بود که هفته‌ای

یکی ـ دو بار به دیدن آن‌ها می‌آمد و جمعه‌ها با نوش‌آفرین به حمام می‌رفت تا زنان او را کمتر آزار دهند. او اولین زنی بود که از نوش‌آفرین استقبال کرد و با اصرار به کمک او آمد. نوش‌آفرین به نبات علاقمند شده بود، اما همزبانش نبود. نوش‌آفرین گاهی هم به مهمانی‌های برادران و برادرزاده‌های عباسعلی‌خان دعوت می‌شد، اما بیشتر اوقات به بهانه‌ای نمی‌رفت و عباسعلی‌خان به ناچار به تنهایی به میهمانی‌های خانوادگی می‌رفت. هفته‌ای یکی ـ دو بار هم مثل مالکین دیگر آلاشت، به یکی از دو قهوه‌خانه آلاشت می‌رفت و تا دیروقت به تریاک‌کشی و نوشخواری و بازی تخته نرد با مردان دیگر مشغول می‌شد.

نوش‌آفرین از نظر جنسی هم با عباسعلی‌خان ارتباط نزدیکی نداشت. دو هفته پس از ازدواج‌شان در همان ابتدای ورود به «بابل کنار» به بهانه‌ی بیماری عباسعلی‌خان، شب‌ها به اتاق دیگری می‌رفت و می‌خوابید و کم‌کم اتاق‌هایشان رسماً از هم جدا شد. نوش‌آفرین یادش نمی‌آمد که تا قبل از حاملگی، بیشتر از چهار ـ پنج بار با عباسعلی‌خان همبستر شده باشد و پس از آن، هم علاوه‌بر تشدید بیماری عباسعلی‌خان، حاملگی‌اش بهانه خوبی برای بیشتر شدن این جدایی بود.

نوش‌آفرین از عباسعلی‌خان بدش نمی‌آمد. مَحبت‌هایش را قدر می‌شناخت و برایش احترام قائل بود. همچنان گاهی با رغبت به قصه‌هایش گوش می‌داد و گاهی با او شطرنج و تخته نرد بازی می‌کرد، یا با او در باغ قدم می‌زد. اما هربار که عباسعلی‌خان به او دست می‌زد حالش بد می‌شد و تا مدت‌ها احساسی ناخوش و تلخ پیدا می‌کرد. او هیچ تجربه‌ای نداشت و عباسعلی‌خان اولین مردی بود که با او عشقبازی کرده بود. نمی‌دانست زنان دیگر وقتی با همسران‌شان همبستر می‌شوند، چه احساسی دارند. فقط این را می‌دانست که هربار عباسعلی‌خان به او نزدیک می‌شود، حس تلخی چون احساس گناه پیدا می‌کند و هر بار آرزو می‌کند هیچ‌وقت با او ازدواج نکرده بود.

در بابل کنار، نوش‌آفرین اما شادتر از آلاشت بود؛ حداقل با چند خانواده گرجی رفت‌وآمد داشت و در مراسم محلی به جمع آنان می‌پیوست. در ماه‌های اول و قبـل از آن‌کـه بیمـاری عباسـعلی‌خان دوبـاره عـود کنـد، گـاهی بـا او در چمنزارهای اطراف بابِل، اسب‌سواری می‌کرد و سرش گرم بود. اما در آلاشت، تنها کسی که با او احساس نزدیکی و دوستی کرده بود، نونوش‌خانم بود، آن‌هم پس از نزدیک به دوسال تنهایی و بی‌همزبانی.

فصل دوازدهم

نوش‌آفرین همانطور که بچه را در بغل داشت، نگاهی با رضایت به اطراف انداخت و بچه را در گهواره‌ای که نونوش‌خانم وقت تولد رضا به او داده بود و اکنون با او روانه خانه‌اش شده بود، خواباند. سپس به حسین گفت که اتاقی را برای کافیه در اندرونی خانه در نظر بگیرد. بعد هم روی سکوی سنگی جلوی ساختمان که گلیم پُرنقش و نگاری رویش انداخته بودند، نشست. کافیه با لیوانی آب و پتویی به سراغش آمد، لیوان را به دست او داد و پتو را روی پاهایش انداخت و گفت:

ـ خانم جان شما هنوز باید استراحت کنید. به فکر جایی برای من هم نباشید. لازم نیست اتاقی داشته باشم. این مدت را یک گوشه‌ای می‌خوابم.

نوش‌آفرین نگاهی به او کرد و با لحنی مهربان گفت:

ـ می‌دانم خوش نداشتی که از خانه‌ات به این‌جا بیایی. اما این‌جا را هم خانه خودت بدان. هر کاری که لازم است انجام بده. لازم نیست از من بپرسی یا اجازه بگیری. هروقت هم از بودن در این‌جا خسته شدی، خودم می‌فرستمت به خانه پهلوان‌ها.

بعد درحالی‌که با دست به اتاق گِلی کوچکی که گوشه باغ بود اشاره می‌کرد، گفت:

ـ یدالله و زنش جمیله را که دیده‌ای. آنجا زندگی می‌کنند اما برای آشپزی و کارهای خانه می‌آیند این‌طرف. آدم‌های خوبی هستند. هروقت کاری هست، از آن‌ها کمک بگیر. دوست دارم تو بیشتر با بچه باشی.

چشمان سیاه کافیه در چهره سبزه‌گونش برقی روشن زد و گفت:

ـ هرچه صلاح بدانید. من دوست دارم با شما و رضاخان باشم، اما دلم می‌خواهد بی‌کار نباشم. حوصله‌ام سر می‌رود. حالا بفرمایید سفره عید را کجا بگذاریم. به نوروزخوان‌ها چه می‌دهید و...

نـوش‌آفرین از عنـوان «خـان» کـه کافیـه بـه کـودک چهارروزه‌اش داده بـود خنده‌اش گرفت. حرف او را قطع کرد و گفت:

ـ هرکاری که دوست داری بکن. این‌جا مثل خانه پهلوان‌ها شلوغ نیست. ریخت‌وپاش و میهمانی‌های آن‌ها را هم نداریم. اما هرکاری که آنجا می‌کردی، این‌جا هم بکن.

سپس نفس عمیقی کشید و پتو را روی پاهایش مرتب کرد و به باغ خیره شد. عطر بهار در همه‌جا موج می‌زد و صدای نوروزخوان‌ها از دوردست به گوش می‌رسید.

***

مادر با چهره‌ای باز و خندان، درحالی‌که لباسی روی دست‌هایش آویخته و کلاهی قرمز با پولک‌هایی که بر لبه‌اش آویزان‌اند در دست دیگرش است، به اتاقش می‌آید و لباس و کلاه را روی تخت‌اش می‌گذارد:

ـ نگاه کن ببین نادیای خیاط چه کرده است. انگار که لباس عروس دوخته است. دستش درد نکند.

نوش‌آفرین شاد و سبک از جا می‌پرد و به‌سرعت لباس‌هایش را درمی‌آورد و لخت به طرف لباس نوروزی‌اش می‌دود. مادر با نگرانی به پستان‌های کوچکِ تازه بیرون زده‌اش نگاهی می‌کند و به‌سرعت پرده‌ی پنجره‌ی رو به کوچه را می‌کشد:

ـ باز پرده‌های اتاقت را نکشیدی؟

نوش‌آفرین می‌خندد:

ـ کسی از آن پایین که مرا نمی‌بیند.

او با دقت و با ملایمت ابتدا دامن بلند پُرچین‌اش را می‌پوشد، بعد بلوز و جلیقه‌اش را به تن می‌کند و به‌سرعت دکمه‌هایش را می‌بندد و در آینه بلندِ گوشه‌ی اتاق به خودش می‌نگرد و با رضایت خنده‌ای می‌کند و چرخی می‌زند. بعد کلاه را بر سرش می‌گذارد. سکه‌های طلایی آویزانِ دور آن به چهره‌اش درخششی تازه می‌دهد. در آینه به چپ و راست می‌چرخد و بعد مقابل مادر می‌ایستد و خیره به او نگاه می‌کند؟

ـ دوست داری مادر؟ خوشگل شدم؟

مادر به سویش می‌آید و در آغوشش می‌گیرد:

ـ مطمئن هستم که زیباترین دختر جشن نوروز امسال خواهی بود.

نوش‌آفرین برمی‌گردد به سوی آینه، «یاکوب» با قامت بلند و لاغرش در لباس «چوخا»ی سیاه‌رنگش با نگاهی ستایش‌آمیز به او می‌نگرد. و با قدم‌هایی بلند و به سوی او می‌آید و بی‌توجه به دخترانِ دیگر، با کرنشی از او تقاضای رقص می‌کند.

نوش‌آفرین دست‌اش را در دست او می‌گذارد و تن‌اش را به او می‌سپارد تا او را پِرخ‌زنان به سوی گوشه‌ی میدان که عده‌ای در حال رقصیدن هستند، ببرد. وقتی از کنار آتشِ بلند و افروخته‌ی میان میدان می‌گذرند یاکوب سر در گوشش می‌گذارد و می‌گوید:

ـ دلم می‌خواهد صد تا نوروز با تو برقصم.

نوش‌آفرین با شعف می‌خندد و سر بر سینه‌ی او می‌گذارد و...

***

صدای گریه رضا، مجال پاسخ دادن را از او گرفت. از جا برخاست و به اتاق دوید. کافیه زودتر از او به اتاق رسیده بود و رضا را در بغل داشت. بر تشکچه‌ای

نشسـت و بـر مخـده تکیـه داد. کافیـه، رضـا را در بغـل او گذاشت تـا دهـان گشاده‌اش به پستان آماده و انباشته از شیر مادر برسد. سپس به‌سوی در اتاق رفت و پرده رنگی جلوی در را کشید. حالا صدای نوروزخوان‌ها نزدیک شده بود و کافیه می‌دانست لحظاتی بعد سروکله‌شان جلوی خانه پیدا خواهد شد.

نوروزخوانی یکی از چیزهایی بود که نوش‌آفرین در ایران دوست می‌داشت. شباهت زیادی به شب‌های نوروزی در تفلیس داشت. در این چهارسالی که با عباسعلی‌خان و در مازندران زندگی می‌کرد، هر سال به صدای آن‌ها گوش می‌داد و بدون آن‌که معنای کلماتی را که آن‌ها می‌خواندند دریابد، از شنیدنش لذت می‌برد.

نوش‌آفرین احساس می‌کرد امسال بیشتر از گذشته از این صداها لذت می‌برد. احساس می‌کرد اکنون زادگاه رضا، وطن او هم شده است. می‌دانست که دیدن دوباره گرجستان بـرای او محـال اسـت. از ابوالحسـن‌خان، همسـر نونوش‌خـانم شنیده بود که روسیه همه شورشیان را قلع‌وقمع کرده و گرجستان اکنون بیش از همیشه زیر سلطه روس‌هاست. او نیز چون پدرش، از روس‌ها می‌ترسید.

نوروزخوان‌هـا به درِ خانـه‌ی آن‌هـا رسـیده بودنـد. آن‌هـا بیشـتر چوپانـان و کشاورانی بودند که در روزهای پایانی زمستان، با رسیدن شب، با موزیک و آواز و تکان دادن زنگوله‌هایی که نوارهایی رنگین به آن آویخته بودند، در کوچه‌ها راه می‌افتادند، بدون در زدن و یا گرفتن اجازه به یکایک خانه‌ها وارد می‌شدند و اهالی خانه‌ها با مهر و خوشرویی از آن‌ها استقبال می‌کردند و با توجه به دارایی و امکانات خود، در کیسه‌های آن‌ها شیرینی، نان، قند، چای، قهوه، تخم‌مرغ و گندم می‌گذاشتند.

عباسعلی‌خان برای او گفته بود این رسمی‌ست که از هزاران سال پیش با مـردم مازنـدران راه آمـده است. او همیشه فکـر می‌کـرد که چطور مسلمانان سـختگیر کـه مذهب‌شـان را بـه ایرانی‌هـا داده‌انـد، نتوانسـته‌اند نـوروز و جشن‌هایشان را از آن‌ها بگیرند.

فصل سیزدهم

ساعت پنج و نیم صبح جمعه، بیست و هفتم اردیبهشت ۱۲۵۷ خورشیدی، نوش‌آفرین با آواز صبحگاهی خروس‌هایی که در انتهای باغ منتظر باز شدن درِ قفس‌هایشان بودند، بیدار شد. با دلخوری کش و قوسی به بدنش داد و سعی کرد دوباره چشمانش را ببندد. از وقتی تهران را ترک گفته بود، در هر کجایی که بود؛ چه بابل‌کنار و چه آلاشت، همیشه این خروس‌ها بودند که او را بیدار می‌کردند. صدای آن‌ها آزارش نمی‌داد. او از کودکی سحرخیز بود و ساعت بیدارباش خروس‌ها حوالی همان زمانی بود که او بیدار می‌شد.

اما پس از تولد رضا، گاهی برایش سخت بود که صبح زود از خواب بیدار شود. رضا بیشتر اوقات چندبار میانه‌ی شب بیدار می‌شد و با گریه‌هایش همه را بیدار می‌کرد. کافیه، بارها از نوش‌آفرین خواسته بود که بچه را در اتاق او بخواباند تا مادرش را بیدار نکند. اما نوش‌آفرین قبول نکرده بود. هربار مدت‌ها طول می‌کشید تا بتواند دوباره رضا را بخواباند. او گاهی اوقات شیر هم نمی‌خورد، فقط در جایش تقلا می‌کرد. اما وقتی نوش‌آفرین او را در آغوش

می‌گرفت، آرام می‌شد و به سرعت به خواب می‌رفت. رضا همیشه نوش‌آفرین را یاد زمان‌هایی از کودکی خودش می‌انداخت.

***

شب سال نوی مسیحی‌ست، با این‌که دیروقت خوابیده اما سرمای دمدمه‌های بامداد او را از خواب بیدار می‌کند. لحاف را دور خودش می‌پیچد، احساس می‌کند دندان‌هایش به‌هم می‌خورند. برمی‌خیزد، و نوک پا به سوی اتاق مادر و پدرش می‌رود. و در را به آرامی باز می‌کند. با این‌که مادر به او سفارش کرده که حداقل صبح روزهای تعطیل که پدرش دیر بیدار می‌شود آن‌ها را از خواب بیدار نکند، به تخت آن‌ها نزدیک می‌شود و چون بچه‌گربه‌ای خودش را سُر می‌دهد زیر لحاف مادر و به تن گرم او می‌چسبد. مادر تکانی می‌خورد. نوش‌آفرین به آرامی می‌گوید: «سردم است.» مادر بی‌آن‌که چیزی بگوید بغلش می‌کند. سرش را می‌گذارد زیر گلوی مادر، آنجا که همیشه بوی یاس‌های وحشی دارد و به خواب می‌رود.

***

نوش‌آفرین سرش را به‌تندی تکان داد، آنسان که گویی بخواهد چیزی را از خود دور کند. از وقتی رضا را به دنیا آورده بود، هرگاه یاد گذشته می‌افتاد و یا غمگین می‌شد، خودش را خطاب قرار می‌داد: باید غم و اندوه را کنار بگذاری، باید به فکر او باشی. باید او را طوری بزرگ کنی که زندگی‌اش مثل تو نشود و... با این بایدها، یاد روزهای تلخ و شیرینی را که در تفلیس داشت از خود دور می‌کرد.

از جا برخاست و به نور ملایم صبحگاهی که به سختی از پرده‌ی کتانی سفید عبور می‌کرد و بر گهواره رضا می‌نشست، لبخند زد. رضا در خوابی عمیق بود. آرام و بی‌صدا کنار طاقچه‌ی کوچکی رفت که قلم و دوات و دفتری روی آن بود. همچون روزهای گذشته با قلمی به فارسی بر دفتر، تاریخ آن روز را نوشت:

«جمعه، بیست‌وهفت اردی‌بهشت ۱۲۵۷ دو ماه و سه روزگی رضا. بردن او به آرامگاه دختر پاک ـ شاهزاده ساسانی».

آن روز قرار بود که به آرامگاه «دختر پاک» بروند. در سه هفته‌ی گذشته، هر هفته روزهای جمعه نونوش‌خانم با چراغعلی، پسر چهارساله و خانم بزرگ، دختر دو ساله‌اش و کلفت‌اش جواهر، با دو پالکی به سراغش می‌آمد تا او، رضا و کافیه را بردارند و برای گردش به دهکده‌های اطراف بروند.

پالکی‌ها اتاقک‌هـایی چـوبی یا حصـیری بودنـد کـه روکشـی پارچـه‌ای از چهل‌تکه‌ای رنگین داشتند و هر کدام بر پشت قاطری بسته می‌شدند. زنان مرفه روستا بـرای رفت‌وآمدهایی که همـراه با کودکانشان داشتند، از این پالکی‌ها استفاده می‌کردند. هر کدام از پالکی‌ها معمولاً گنجایش یک یا سه تن را داشت و اهـالی بـرای راه‌های نسبتاً دور و یا از این ده به آن ده رفتن، آن‌ها را کرایه می‌کردند.

او بارها از زبان اهالی آلاشت درباره‌ی آرامگاه دختر پاک که آلاشتی‌ها به او «دترپاک» می‌گفتند، شنیده بود. اما هیچ‌وقت به آنجا نرفته بود. آرامگاه بر بالای تپه‌ای در آلاشـت قـرار داشت و زنـان آلاشت و زنانی از دهات دور و نزدیک آلاشت برای زیارت به آنجا می‌آمدند. خورشید خانم، دختر بزرگ عباسعلی‌خان که زن مؤمنه‌ای بود و همسر یکی از روحانیون سوادکوه، می‌گفت: «دترپاک، دختر یکی از امامان شیعه است و فقط نیاز زنان مؤمنه را برآورده می‌کند.» می‌گفت: او آنقدر مؤمن بوده که هیچ مردی روی او را ندیده و به همین دلیل، هیچ مردی جرأت رفتن به آرامگاه او را ندارد و اگر برود یا مار او را می‌زند و یا به بلایی سخت مبتلا می‌شود.

امـا نونوش‌خـانم مـی‌گفت: در خانـه یکـی از تهرانی‌هـا از مرحـوم شـازده جلال‌الدین میرزای تاریخدان شنیده که دترپاک، معبد آناهیتا بوده و دختر پاک و

خواهرش از شاهزاده‌های دوران ساسانی هستند که آن زمان‌های دور، از دست دشمنان فرار کردند و به این جاها رسیدند، و در تپه‌ای دور از شهر پنهان شدند و همانجا فوت کردند. یکی از خواهرها در دِه «لیند» دفن است و یکی هم در آلاشت.

شب قبل، کافیه هم مدت‌ها از معجزات دترپاک برایش گفته بود و این‌که «این امامزاده مقدس» دو بار دعای خود او را هم اجابت کرده است. کافیه هم چون دیگران چندین‌بار از وضع رقت‌بار مردانی که به آرامگاه دخترپاک نزدیک شده بودند، برای او گفته بود و در آخر هم تأکید کرده بود که: «رضاخان نباید حتی تا نزدیکی‌های آرامگاه هم برده شود».

نوش‌آفرین با شنیدن این حرف، با خنده‌ای گفته بود:

ـ یک بچهِ چند روزه که مرد و زن ندارد.

کافیه با ناراحتی سرش را تکان داد:

ـ نه خانم، چند روز و چند سال ندارد. مرد، مرد است. مردانی که به آنجا رفته‌اند به جنون مبتلا شده‌اند، یا مار و عقرب آنان را زده است و یا به بلایی مبتلا شده‌اند. حتی زنانی که حامله هستند، به آنجا نمی‌روند، چون اگر بچه پسر باشد حتماً بلایی سرش می‌آید.

و بعد آمرانه گفته بود:

ـ فردا رضاخان پیش من خواهد بود تا شما بروید و زیارتتان را بکنید.

فصل چهاردهم

از دهکده لینک که گذشتند، قاطرچی در نقطه‌ای سرسبز و باز که نونوش‌خانم از قبل نشانی‌اش را به او داده بود، ایستادند. شاگردش به سرعت پایین پرید و چهارپایه‌ای چوبی کنار پالکی گذاشت تا مسافران به‌راحتی از آن پیاده شوند. سپس با قاطرچی، به سرعت اثاثیه آن‌ها را زمین گذاشتند و آماده بازگشت شدند. جواهر، کاسه‌ی آبی به دستشان داد و تأکید کرد که نونوش‌خانم فرمودند که دو ساعت مانده به غروب آفتاب برگردند. با رفتن قاطرچی، نوش‌آفرین بر گلیم رنگارنگی که کافیه آن را در کنار افرای کهنی پهن کرده بود، نشست و درحالی‌که به کودک شیر می‌داد، به مناظر اطراف چشم دوخت. چقدر این منطقه‌ی زیبا به بلندی‌های «زوگدی دی» زادگاه مادرش شبیه بود.

نونوش‌خانم کنارش آمد و درحالی‌که به کودک نگاه می‌کرد، گفت:

ـ ماشاالله! هر هفته بزرگ‌تر می‌شود. باید دوماهش شده باشد؟

نوش‌آفرین بلافاصله گفت:

ـ امروز درست دو ماه و سه روزش است.

نونوش‌خانم خنده‌ای کرد و در حالی که بچه را از او می‌گرفت گفت:

ـ اگر روزها را بشماری، زود پیر می‌شوی.

خانم‌بزرگ به‌سرعت به سوی مادرش آمد و درحالی‌که به او چسبیده بود اصرار داشت رضا را روی پاهای او بگذارند. اما نونوش‌خانم بی‌توجه به اصرار او، بچه را که به خواب رفته بود، در سبد کوچکی که کافیه در کنار او گذاشت، خواباند. کافیه در کنار سبد نشست و ملافه سفیدی را که زیر پای بچه بود روی او انداخت. نونوش‌خانم دست دخترک را گرفت و به‌سوی نوش‌آفرین رفت.

نوش‌آفرین درحالی‌که به اطراف نگاه می‌کرد، گفت:

ـ خیلی جای دل‌انگیزی‌ست. ولی چرا هیچ‌کس اینجا نیست، پس آرامگاه شاهزاده خانم مقدس کجاست؟ کِی به آنجا می‌رویم؟

نونوش با دست به جایی که انبوهی درخت بود، اشاره کرد و گفت:

ـ آنجاست، راه دوری نیست، درخت‌ها جلوی دیدش را گرفته‌اند. عجله نکن. کمی بنشین، چیزی بخور، کم‌کم به آن‌طرف می‌رویم.

بعد از جواهر خواست برایشان چای بیاورد.

در کنار گلیم‌هایی که پهن کرده بودند، سماور و بساط چای برقرار بود و در کنارش مقداری شیرینی و میوه در ظرفی مسین. کمی آن‌طرف‌تر، دو قابلمه و اجاقی که هیزم‌هایش تازه داشت گُر می‌گرفت. این بساط برای نوش‌آفرین آشنا بود؛ در هفته‌های گذشته هم هربار برای گردش و تفریح به روستایی رفته بودند، همیشه همین بساط پهن بود.

نوش‌آفرین احساس می‌کرد هرچه به نونوش نزدیک‌تر می‌شود، احساس بهتری پیدا می‌کند. آلاشت که مدت‌ها برایش چون زندانی بود، حالا روح تازه‌ای پیدا کرده بود، اگرچه هنوز آرزو داشت به تهران برگردد. تهرانی که چنین مناظر زیبایی را نداشت اما او هم چون مادرش زندگی در شهر را دوست می‌داشت. استکان چای را که جواهر برایش آورده بود گرفت و همچنان به تماشای منظره‌ای که دورتادور او کشیده شده بود، چشم دوخت. مه کم‌رنگی، مسافتی پایین‌تر از

بلندای تپه، موج خوران در حرکت بود. زیر حریر مِه پایین تپه، گله‌های گوسفند این‌طرف و آن‌طرف، بر دامنه‌ای مواج و یکدست سبز، مشغول چرا بودند. هیچ‌کس در اطراف‌شان دیده نمی‌شد، اما صدای نی‌لبکی که به گوش نوش‌آفرین آشنا می‌آمد، از پایین تپه شنیده می‌شد. پرندگانی با بال‌های رنگین از میان مه بالا و پایین می‌رفتند و آوازشان با صدای نی‌لبک درهم می‌پیچید و فضا را شاد می‌کرد.

نوش‌آفرین به نونوش‌خانم که او نیز در حال نوشیدن چای بود، گفت:

ـ چقدر اینجا زیباست، ولی چرا هیچ‌کسی این طرف‌ها نیست؟

نونوش سرش را به تأیید تکان داد و گفت:

ـ تا یکی‌ـدو هفته دیگر که هوا گرم‌تر خواهد شد، خیلی‌ها از آلاشت به این طرف‌ها خواهند آمد. الآن فقط اهالی هستند که سرشان در مزارع خودشان گرم است.

نونوش و نوش‌آفرین ساعتی پس از غذا خوردن، رضا و خانم‌بزرگ و چراغعلی را به کافیه و جواهر سپردند و دوتایی به سوی آرامگاه راه افتادند. از شیب تندی که تپه را به جاده باریکی وصل می‌کرد، پایین رفتند. نونوش باز هم برایش از معجزات بانوی پاک می‌گفت، معجزاتی که خود ندیده بود اما زنان ده برایش تعریف کرده بودند، و نوش‌آفرین آنسان که گویی به قصه‌هایی جالب و شیرین گوش می‌دهد، به آن گوش می‌داد، تا به جایی رسیدند که راه از جاده جدا شد و وارد گذرگاهی باریک شدند که دو طرفش سنگ‌چین بود و ناگهان میان سنگ‌چین‌ها بنایی کوچک با دیوارهایی سفید و سقفی از چوب‌های بلوط نمایان گشت. نونوش‌خانم حرفش را قطع کرد و گفت: «این هم دترپاک».

نوش‌آفرین ایستاد، نفسی تازه کرد و با حیرت گفت:

ـ چه بنای عجیبی‌ست!

و فکر کرد چرا معبد شاهزاده‌ی مقدسی که این‌همه محبوب است، این‌گونه کوچک و محقر و بی‌پیرایه است.

نونوش او را به سوی پشتِ بنا راهنمایی کرد. از چهار پله سنگی بالا رفتند. در پاگرد کوچک جلوی درِ سبزرنگی ایستادند و نونوش‌خانم به آرامی و با احتیاط در را گشود و به نرمی نوش‌آفرین را به جلو هل داد:

ـ برو تو. می‌گویند بار اولی که زنی به دیدن اینجا بیاید، هرچه بخواهد قبول می‌شود.

نوش‌آفرین با احتیاط و با قدم‌هایی کوتاه وارد محوطه‌ی نیمه‌تاریک خنکی شد، با بوی نَمی که همراه با عطری ناشناس درهم‌آمیخته بود. کنجکاوانه و درحالی‌که همه گوشه و کنار را می‌نگریست، به آرامی پیش می‌رفت.

دو اتاق تو در تو مقابلش بود؛ در وسط یکی از اتاق‌ها صندوقی چوبی به ارتفاع یک متر‌ونیم قرار داشت که چهار‌طرف آن برآمدگی‌هایی به ارتفاع بیست سانتی‌متر بود و روی آن را پارچه‌ای سبزرنگ و کهنه کشیده بودند. گویی که صندوق چوبی را در میان چهار ستون قرار داده باشند.

نونوش بازوی نوش‌آفرین را که در حال حرکت بود، گرفت. او ایستاد و به نونوش نگاه کرد. نونوش همانطور که در چشم‌های او نگاه می‌کرد به آرامی گفت:

ـ الآن هر چه می‌خواهی بخواه.

نوش‌آفرین به جعبه نگاه کرد، روی جعبه مقداری گل‌های وحشی خشک و تعدادی سکه ریخته شده بود. شب گذشته که کافیه به او گفته بود هرکسی چیزی از دخترپاک بخواهد، خدا به او می‌دهد، اولین فکری که به ذهن‌اش رسیده بود خواستی برای پسرش بود. همه‌ی این دو ماه گذشته به این فکر کرده بود که عباسعلی‌خان را وادار کند که به تهران بروند. دلش نمی‌خواست پسرش در گوشه یک دِه دورافتاده بزرگ شود.

نونوش‌خانم خم شد و بوسه‌ای بر پارچه‌ای که روی صندوق بود زد و از جیب‌اش چند سکه درآورد و آن‌ها را روی جعبه انداخت و بقیه را به‌سوی نوش‌آفرین گرفت:

نونوش (نوش‌آفرین) دست در جیبش کرد و درحالی‌که مقداری سکه بیرون می‌آورد، با خنده‌ای گفت:

ـ کافیه می‌گفت باید پول خودم را اینجا بگذارم.

و خم شد و همچون نونوش بوسه‌ای بر جعبه زد و سکه‌هایش را روی آن گذاشت.

فصل پانزدهم

کجاوه که جلوی در خانه نوش‌آفرین و عباسعلی‌خان متوقف شد، نوش‌آفرین و نونوش‌خانم جمع بزرگی را جلوی در دیدند. نونوش‌خانم آهی کشید و با دست بر گونه‌اش کوفت و با صدایی زمزمه‌مانند، آنسان که گویی کسی را که کنارش نشسته صدا می‌زند، گفت: «عمو! عمو جان!»

حسین که در کنار نصرت‌الله‌خان و چند مرد دیگر جلوی در باغ ایستاده بود، با دیدن نوش‌آفرین که در حال پیاده شدن از کجاوه بود، با قدم‌های بلندی خودش را به او رساند و با صدای آرامی گفت:

ـ خبر بدی از تهران رسیده... عباسعلی‌خان...

این را گفت و ساکت شد. نوش‌آفرین که با دیدن حال نونوش‌خانم همه‌چیز را دریافته بود، بی‌آن‌که چیزی بگوید سرش را پایین انداخت و در حالی‌که روسری‌اش که دنباله‌اش تا روی دامن پُرچین‌اش فروافتاده بود را روی موهایش مرتب می‌کرد، به‌سوی کجاوه برگشت تا کودکش را از کافیه بگیرد. کافیه، کودک را به‌سوی او آورد و نوش‌آفرین تَروفِرز او را گرفت و درمیان بازوها و سینه‌اش جای داد، جوری که انگار می‌خواهد پنهانش کند و با سرعت به‌سوی درِ خانه

روان شد. کافیه به‌دنبال او دوید و نونوش‌خانم و جواهر که قرار نبود آنجا پیاده شوند، از کجاوه پیاده شدند و به‌دنبال نوش‌آفرین دویدند. نوش‌آفرین به جمع مردها که رسید بدون آن‌که به کسی نگاه کند، با سری به‌زیر انداخته، به‌سرعت از در ِ گشوده‌ی خانه گذشت و ناگهان با انبوهی زنان سیاهپوش که به صدای بلند شیون می‌کردند، روبرو شد. لختی با حیرت به آن‌ها نگاه کرد و دوباره کودکش را به سینه فشرد و به‌سوی اندرونی رفت. با همان سرعت از دری که بیرونی را از اندرونی جدا می‌کرد گذشت و در را پشت سرش بست. لحظه‌ای پس از او کافیه و جمیله در را گشودند و به‌سوی او دویدند. کافیه خواست بچه را بگیرد، اما نوش‌آفرین بچه را به او نداد. کافیه گفت:

ـ خانم شما بروید اتاق بیرونی. مردم توقع دارند شما آنجا باشید.

نوش‌آفرین همچنان بچه را تنگ‌تر در آغوش فشرد و به کافیه گفت:

ـ پشت در را ببند. نمی‌خواهم کسی اینجا بیاید.

جمیله در حالی‌که گریه می‌کرد و بر سرش می‌کوبید، برای نوش‌آفرین تعریف کرد: «ساعتی پس از صلات ظهر، نصرت‌الله‌خان و ابوالحسن‌خان آمدند اینجا و خبر بد را آوردند.» بعد با صدایی بغض‌آلود ادامه داد: «نوکرها چندتا تنه گوسفند آوردند و به ما گفتند دیگ‌ها را بار بگذاریم. ما هم دیگ‌ها را بار گذاشتیم».

نوش‌آفرین همچنان ایستاده میان اتاق، خیره به او که اشک می‌ریخت می‌نگریست و حرفی نمی‌زد. تا وقتی که در اتاق را کوبیدند. نوش‌آفرین با شنیدن صدای نونوش‌خانم، بی‌آن‌که چیزی بگوید با دست اشاره کرد که در را باز کنند. با باز شدن در نونوش‌خانم خودش وارد شد و در را پشت سرش بست و در‌حالی‌که به‌طرف نوش‌آفرین می‌رفت به جمیله گفت:

ـ برو کمک کن شام را آماده کنند.

بعد دست روی شانه‌ی نوش‌آفرین گذاشت و به نرمی او را نشاند و در حالی‌که چشمان سرخ‌شده از گریه‌ی خود را به او دوخته بود، گفت:

ـ امروز کاروان شیرخان خبر آورد. دیروز صبح، وقت نماز تمام کرد و امروز با عزت و احترام در باغ طوطی دفن‌اش کردند. خدایش بیامرزد، مرد خوبی بود.

بعد اشک‌ریزان ادامه داد:

ـ عمـو نصرالله‌خان را راضـی کـردم کـه از فـردا مراسمِ عـزاداری را در خانـه خودمان برگزار کنند که هم بزرگ‌تر است و هم آدم برای کار کردن بیشتر است. بـرای تـو هـم بهتـر است. حـالا هـم بلنـد شـو و بـرو آن اتـاق پیش میهمان‌هـا. صاحب عزا هستی. پدر بچه‌ات بوده است.

نـوش‌آفرین ناگهان زد زیـرِ گریـه. کافیـه، بچـه را از بغـل او بیـرون آورد و در حالی‌که کنارش می‌نشست، بچه را در آغوش گرفت.

نـوش‌آفرین خودش را در بغـل نونوش‌خـانم انداخت و در همان حالی که به‌شدت گریه می‌کرد، به گوشش گفت:

ـ بچه‌ام. بچه‌ام را نبرند. نونوش‌جان، بچه‌ام را نگیرند.

نونوش که هیچ‌وقت نوش‌آفرین را این‌گونه سراسیمه و هراسیده ندیده بود، گفت:

ـ کجا ببرند جانم. کسی کـاری بـه بچـه‌ی تـو نـدارد. آرام بگیـر و بلنـد شـو چارقدت را عوض کن برویم اون اتاق.

نوش‌آفرین بدون کلامی بلنـد شـد. نگاهی به دوروبَرش کـرد، بعد گیج و تلوتلوخوران به سراغ صندوقچه‌ای که کنار اتاق بود رفت و چارقد سیاهی را از آن بیرون کشید، آن را بر سرش انداخت، بعد مقابل کافیه که بچه را در آغوش داشت ایستاد و به کافیه گفت:

ـ در را پشت من ببند، هیچ کسی را راه نده. هیچ‌کس را جز من.

و درحالی‌که نونوش‌خانم دست در گردن او انداخته بود، وارد بیرونی شدند. با دیدن آن‌ها، شیون زنان اوج گرفت. نبات، بلند شد و کنار خودش برایشان جا باز کرد و دوباره مدتی دست به گردن نونوش‌خانم گریستند. نوش‌آفرین

نشسته بود و همچنان به هیچ کسی نگاه نمی‌کرد. سرش روی سینه‌اش فرو افتاده بود و دو جوی اشک، بی‌توقف و باسرعت بر دامن‌اش فرو می‌ریخت. هیچ کسی جز خودش نمی‌دانست که اشک‌هایش از ترس است و نه از غم. البته که از مرگ عباسعلی‌خان ناراحت بود، اما از مدت‌ها قبل می‌دانست که او به‌زودی خواهد رفت. اشک‌هایش، ترسِ از دست دادن رضا بود.

از وقتی بچه‌اش به دنیا آمده بود، دائم نگران از دست دادن او بود. مرتب به یاد زن قفقازیِ همیشه غمگینی می‌افتاد که در بابل دیده بود؛ زنی که می‌گفتند وقتی شوهرش مرد، خانواده شوهر، بچه‌ی یک‌ساله‌اش را از او گرفته و او را از خانه بیرون انداخته‌اند. آنگاه او ناچار شده بود که به‌جای بازگشت به کشورش، در خانه‌ای کلفتی کند تا بتواند گاهی دورادور فرزندش را ببیند.

وقتی سفره شام را پهن کردند و جماعت عزادار که همگی همزمان گریه را رها کرده و خودشان را به سفره‌ی سفیدی که مقابل‌شان پهن شده بود نزدیک کردند، نوش‌آفرین که از دیدن آن‌همه غذا و مشاهده زنانی که برای برداشتن غذا از هم پیشی می‌گرفتند، حالت تهوع پیدا کرد؛ سرش را کنار گوشِ نبات گذاشت و گفت:

ـ باید رضا را شیر بدهم. نبات خانم با حرکت سر به او فهماند که بلند شود و همراه او تا اندرونی رفت. بوسه‌ای بر گونه رضا زد و وقتی نوش‌آفرین در حال شیر دادنِ رضا بود، در گوشش گفت:

ـ از این اتاق بیرون نیا، می‌گویم حالت بد شده است. بچه را به هیچ کسی نده. هیچ کسی را هم به اینجا راه نده.

بعد در حالی‌که به سوی درِ اتاق می‌رفت، به کافیه گفت:

ـ در را پشت سر من قفل کن.

نوش‌آفرین با چشمانی گشاده به او که از اتاق خارج می‌شد، نگریست و با صدایی گرفته به کافیه گفت: در را قفل کن.

مدت‌ها بود که صدایی از بیرونی نمی‌آمد. در آن مدت جز یک‌بار که نونوش‌خانم به دیدن نوش‌آفرین آمده و برای او و کافیه غذا آورده بود و او نیز سفارش کرده بود در را به روی کسی باز نکنند، هیچ کسی به آن اتاق نیامد. نوش‌آفرین و کافیه و بچه در اندرونی، خودشان را زندانی کرده بودند.

عزاداری برای رفتگان در مازندران، در خانه‌های افراد متمول، حداقل یک هفته طول می‌کشید. هر روز از صبح تا شام، دسته‌دسته مردم به دیدن خانواده‌ی درگذشته می‌رفتند و ناهار و شام را در خانه او می‌خوردند. وقتی نونوش‌خانم با تأکید بر «احترام به روح عمو»، دیگران را واداشت که عزاداری را در خانه پهلوان‌ها برگزار کنند، تنها دلیلش برگزاری کامل عزاداری برای عموی مهربانی نبود که او و دیگران بسیار دوست‌اش می‌داشتند، بلکه نجات نوش‌آفرین از شرّ مراسم و شلوغی‌هایی هم بود که او با آن‌ها آشنایی نداشت و درعین‌حال می‌دانست همسر اول عباسعلی‌خان، که هنوز شرعاً زن اوست، با شنیدن خبر به آلاشت خواهد آمد تا هم در مراسم شرکت کند و هم سهم خودش را از دارایی عباسعلی‌خان طلب کند و نمی‌خواست نوش‌آفرین با او روبرو شود.

اما همان شب، وقتی به خانه‌اش رفت، نبات‌خانم او را به خلوتی کشید و به او خبر داد که نصرت‌الله‌خان و دو تن از برادرهای زنِ اول عباسعلی‌خان قصدشان این است، که به‌زودی «بچه عباسعلی‌خان» را از نوش‌آفرین بگیرند و او را روانه تهران کنند.

تمام آن شب تا دمدمای صبح، نونوش و نبات به بهانه این‌که مرگ عموی محبوب‌شان خوابشان را گرفته، در اتاق بیرونی که هیچ‌کسی صدایشان را نمی‌شنید با هم مشغول گفتگو بودند. آن‌ها می‌دانستند اگر مردهای بزرگ خانواده چنین تصمیمی را بگیرند کسی نمی‌توانست جلودارشان باشد، به‌ویژه که می‌دانستند هم عمو و پسرعموها و هم برادرهای زنِ اول داداش‌بیگ چشم‌شان

به دنبال خانه و باغ و املاک عباسعلی‌خان است. آن‌ها می‌دانستند که نوش‌آفرین در میان مردها کسی را ندارد تا برای ثروتی که بیشتر از همه به رضا و اندکی به او می‌رسید، با آن‌ها بجنگد. بالأخره نزدیکی‌های صبح به این نتیجه رسیدند که بهترین راه این است که مخفیانه نوش‌آفرین و کودکش را با اولین کاروانی که به تهران می‌رفت، فراری دهند. نبات قبول کرد که مقدمات کار را فراهم کند و نونوش هم قرار شد سر همه را گرم کرده و نوش‌آفرین را باخبر و آماده کند.

صبح اول وقت، روز یکشنبه بیست‌ونهم اردی‌بهشت ۱۲۵۷، نونوش‌خانم به بهانه این‌که نوش‌آفرین حالش بد است، خودش را به خانه او رساند و از در پشتیِ اندرونی که کافیه به روی او گشوده بود وارد خانه شد. نوش‌آفرین با صورتی پف کرده و چشمانی سرخ میان اتاق ایستاده بود. از حال و روزش معلوم بود که او نیز شب گذشته را نخوابیده است. تأکید نبات که «در را به‌روی کسی باز نکن» او را مطمئن کرده بود که فامیل پهلوان‌ها خیالاتی برای او و کودکش دارند. نونوش او را نشاند و به‌اصرار وادارش کرد کاسه‌ی شیری را که کافیه برایش گرم کرده بود، بنوشد:

ـ آرام بگیر جانم. شیرت تلخ می‌شود و بچه‌ات را بیمار می‌کند.

سپس به آرامی ابتدا از قصد عمو نصرت‌الله برای او گفت و این‌که او و نبات تصمیم گرفته‌اند به او کمک کنند. نوش‌آفرین که در تمام مدت بدون هیچ کلام و واکنشی، به او چشم دوخته بود، گفت:

ـ خودت خوب می‌دانی که نه تو و نه نبات نمی‌توانید کمکم کنید. چاره‌ای ندارم که خودم کاری کنم. چاره‌ای ندارم. باید از اینجا فرار کنیم.

مکثی کرد و بعد دستش را روی زانوی نونوش‌خانم گذاشت و با صدایی که به سختی شنیده می‌شد، ادامه داد:

ـ نونوش‌جان، باید از اینجا فرار کنیم. حسین هم با ما خواهد آمد. یک اسب داریم. اگر می‌خواهی کمک کنی فقط یک اسب خوب برایم تهیه کن و یک نقشه راه.

نونوش سرش را به تأیید تکان داد و دوباره از او خواست آرام باشد:

ـ آمده‌ام همین را بهت بگویم. مطمئن باش هر کاری از دستم برآید می‌کنم.

و دست به سوی پنجره کرد و دوباره گفت:

ـ به این نور آفتاب سوگند، هرکاری از دستم برآید می‌کنم. فقط لازم نیست عجله کنی. به همین راحتی که فکر می‌کنی نیست...

نوش‌آفرین از جا برخاست. به پلنگی می‌مانست که در قفسی اسیر است. تندتند در طول و عرض اتاق راه می‌رفت و زیر لب کلماتی نامفهوم می‌گفت. نونوش‌خانم همانطور که نقشه‌هایی را که با نبات ریخته بودند در ذهنش مرور می‌کرد، به نفس‌های او گوش می‌داد و با نگرانی به او می‌نگریست. عاقبت با لحنی آمرانه گفت:

ـ بنشین! بنشین!

نوش‌آفرین بلافاصله از جایی که بود به سوی نونوش برگشت و مقابل او به زمین نشست. نونوش رو به کافیه که بچه را در بغل داشت و در گوشه‌ای از اتاق نشسته بود، گفت:

ـ تو هم بیا اینجا بنشین. می‌خواهم حرف‌هایم را بشنوی.

و قبل از آن که کافیه بنشیند، به نوش‌آفرین گفت:

ـ این کنیز از همه مطمئن‌تر است. جز او فقط نبات و حسین محرم‌اند، هیچ‌کسی نباید از این حرف‌هایی که می‌گویم باخبر شود.

نوش‌آفرین نگاهی به کافیه کرد و سرش را به تأیید تکان داد:

ـ می‌دانم. می‌دانم.

و نونوش‌خانم با صدای آرامی گفت:

ـ من و نبات هم به این نتیجه رسیده‌ایم که تو و بچه‌ات باید هرچه زودتر به تهران بروید.

و سپس با صدایی که فقط آن دو نفر قادر به شنیدنش بودند، جزئیات نقشه‌ای را که او و نبات کشیده بودند برایش شرح داد.

فصل شانزدهم

نوش‌آفرین روز سه‌شنبه سی و یکم اردیبهشت ۱۲۵۷، هراسان از خواب پرید و نگاهی به رضا که کنارش در خوابی عمیق فرو رفته بود، انداخت. از دو روز پیش که خبر فوت عباسعلی‌خان را شنیده بود، لحظه‌ای رضا را از خود جدا نکرده بود. حتی شب‌ها او را در کنار خودش می‌خواباند.

به نرمی دست زیر بالش‌اش برد و ساعت پدر را بیرون کشید و در زیر نور پیه‌سوز سفالی کوچکی که روی طاقچه بود، به سختی توانست ساعت را بخواند. ساعت حدود دو و نیم بامداد بود.

به آرامی از جا برخاست و به سوی تنها پنجره‌ی اتاق رفت و پرده کتانی سفید آن را اندکی کنار زد. بیرون پنجره، هوا کاملاً تاریک بود. خوشحال شد که ماه پشت ابر سیاهی پنهان است، به این تاریکی نیاز داشت. آن‌گونه که با نونوش و نبات قرار گذاشته بودند، او باید ساعت چهار صبح از درِ پشتی اندرونی، از خانه به کوچه‌ای می‌رفت که گاری پُستی منتظرش بود؛ طوری که حتی اگر باقر و جمیله در آن ساعت بیدار بودند رفتن او را نبینند.

دوباره برگشت و در جایش نشست. همان‌طور که در نور لرزان پیه‌سوز به

چهره‌ی آرام رضا نگاه می‌کرد، به شبی رفت که سحرگاه فردایش قرار بود همراه با پدر و مادر و حسین به «زوگدی دی» فرار کنند.

"زوگدی‌دی"[۱] یا «تپه بزرگ»، زادگاه مادرش بود و آن‌ها سالی یک‌بار به آنجا سفر می‌کردند. شهری در غرب گرجستان و در سیصد کیلومتری تفلیس. شهری که زمانی مرکز فرهنگی و سیاسی مهمی به حساب می‌آمد، اما به‌دلیل چندین‌بار هجوم عثمانی‌ها، بیشتر آن متروک شده بود، و شاید به همان‌دلیل روس‌ها علاقه‌ای به زندگی در آنجا نداشتند. با این‌حال هنوز کاخ‌های سلطنتی و کلیساهای زیبایی را می‌شد در آنجا دید؛ و آن‌ها در سفرهای سالانه‌ی خود بارها به تماشای آن اماکن رفته بودند. اما این‌بار این سفر به اجبار بود. به پدرش اطلاع داده بودند که مورد شک روس‌ها قرار گرفته و ممکن است هرآن به خانه‌اش بریزند و او را دستگیر کنند. اما پدرش دوست نداشت که به این سفرشان نام فرار بدهد و از آن به‌عنوان «مأموریت اداری» نام می‌برد. مادرش اما با ناراحتی و در غیبت پدر می‌نالید که چرا او باید کاری کند که ناچار به فرار بشویم و در یک دِه‌کوره زندگی کنیم. مادرش دوست داشت که همیشه در تفلیس زندگی کند و می‌گفت: «زندگی در دهات و شهرهای کوچک را دوست ندارم. یک خانه‌ی کوچک، در شهری چون تفلیس را، به دَه تا مزرعه بزرگ در زوگدی‌دی ترجیح می‌دهم».

نوش‌آفرین هم چون مادرش دوست نداشت به زوگدی‌دی بروند. دوری از دوستان مدرسه‌ای‌اش و به‌ویژه دوری از محبوبش یاکوب برایش بسیار سخت بود.

***

«مادر بگذار بروم از دوستانم خداحافظی کنم.»

«پدر، چرا نباید به مردم بگوییم که می‌خواهیم به دیدن قوم و خویش‌ها برویم؟»

---

۱. Zugdidi.

اشـک بـر گونـه‌های برجسـته‌اش می‌غلتـد و در گـودی زیـر گونـه‌هایش گم می‌شود. مادر را بغل می‌کند:

ـ مادر فقط چند دقیقه اجازه بده بروم از دوستم خداحافظی کنم.

در چشم‌های مادرش می‌خواند که او می‌داند می‌خواهد به سراغ یاکوب برود.

ـ نه جانم، نمی‌شود. می‌دانی که خانواده یاکوب با روس‌ها ارتباط دارند. چشم هم بگذاری همه چیز درست می‌شود. زود برمی‌گردیم.

ملتمسانه به اوتار نگاه می‌کند با این‌که می‌داند اوتار برخلاف او همیشه مطیع و آرام است و اکنون هم به‌راحتی پذیرفته که از تفلیس به زوگدی‌دی بروند. او دست روی شانه نوش‌آفرین می‌گذارد و می‌گوید:

ـ یکی‌ـ دو ماه بیشتر نخواهد بود. برمی‌گردیم. بی‌خود غمگین نباش.

***

اما هیچ‌کدام‌شان شانس بازگشت به تفلیس را پیدا نکردند. یازده ماه پس از ترک تفلیس، مادر با سکته قلبی درگذشت، پدرش تصمیم گرفت او و اوتار را از راه عثمانی به ایران بفرستد.

یـادآوری شـب فـرار از تفلیس و یک سـال سـختی کـه دور از شـهر زادگـاهش داشت، همیشه آزارش می‌داد اما اکنون احساس می‌کرد درست برخلاف شبی که تفلیس را ترک می‌کرد، خوشحال است و برای فرار از آلاشت لحظه‌شماری می‌کرد.

با آمدن کافیه به اتاق، دوباره به ساعتش نگاه کرد. ساعت از سه گذشته بود. به آرامی ساعت پدر را در کیسه کتانی کوچکی که به گردن داشت گذاشت و گردن‌بند مادر را لمس کرد و مثل همیشه از او کمک خواست. بعد برخاست و به سوی پستو رفت تا کوله‌بار سفرش را بردارد. ولی قبل از رسیدن به آن، کافیه به سویش آمد و به آرامی گفت:

ـ کیسه اینجاست.

و با دست کوله‌بار را که کنار در بود نشانش داد.

نوش‌آفرین با لبخند سرشار از قدردانی به کافیه نگاه کرد و به‌سوی بچه رفت. به آرامی او را بیدار کرد و پستان در دهانش گذاشت و همانطورکه او شیر می‌نوشید، کهنه‌اش را عوض کرد و لباس گرمی بر او پوشاند.

کافیه سینی کوچکی را که در آن مقداری نان، تکه‌ای پنیر و استکانی چای بود مقابلش گذاشت. نوش‌آفرین سرش را تکان داد و گفت:

ـ اشتها ندارم. نمی‌توانم بخورم.

کافیه کیسه‌ی کوچک سفیدرنگی را به سویش دراز کرد:

ـ چندتا «کلیچه نون» است؛ برای توی راه. تا به کاروانسرای گدوک برسید خبری از غذا نیست.

کافیه که فقط دو بار همراه با نونوش‌خانم با کاروان شیرخان به تهران رفته بود، شب گذشته برای او جزئیات سفرشان را تعریف کرده بود؛ خیلی روشن‌تر و بهتر از نونوش و نبات که بارها آن راه را رفته و برگشته بودند.

نوش‌آفرین کیسه محتوای «کلیچه نون» را که می‌دانست مازندرانی‌ها در سفرهای بلند با خودشان می‌برند، گرفت و آن را در کوله‌بار گذاشت و درحالی‌که بچه را به کافیه می‌داد برخاست و کوله‌بار را به پشت‌اش آویزان کرد و سپس بچه را به بغل گرفت و کافیه مثل هر بار که از خانه خارج می‌شدند، با پارچه‌ای نازک و لطیف بچه را روی سمت چپِ، قفسه سینه نوش‌آفرین بست، به‌طوری‌که صـورت بچـه درسـت زیر گلـوی نـوش‌آفرین و بـه سـوی دسـت راسـت او قـرار می‌گرفت. کافیه در همان حال اشک می‌ریخت و زیر لب دعاهای نامفهومی را می‌خواند که یاد گرفته بود باید پشت سر مسافر بخواند. وقتی همه چیز روبراه شد، مقابل او ایستاد و گفت:

ـ خانم جان، دل به خدا بسپارید. حامی مظلومان است.

نوش‌آفرین با یک دست کافیه را به پهلوی راستش فشرد و صورتش را بوسید و در گوشش گفت:

ـ تو به من و رضا خیلی کمک کردی. خدا خیرت دهد. همه لباس‌ها و وسایل شخصی من مال توست قبل از آن‌که کسانی به این خانه بیایند برشان دار. یادت باشد به نونوش‌خانم هم بگو گهواره‌ی امانتی‌اش را از اینجا ببرد به خانه پهلوان‌ها. چیز دیگری نیست که سفارش کنم، هر پرسشی داشتی از نونوش‌خانم و یا نبات‌خانم بپرس.

کافیه سرش را تکان داد. و دست و صورت نوش‌آفرین را غرق بوسه کرد. در همین چندماهی که نوش‌آفرین را می‌شناخت علاقه شدیدی به او پیدا کرده بود. در کنار او هیچ لحظه‌ای احساس نکرده بود که یک کنیز است. دلش می‌خواست دیگر هیچ‌وقت به خانه پهلوان‌ها برنگردد و تا آخر عمر با نوش‌آفرین باشد.

نوش‌آفرین به راهرویی رفت که دری از اندرونی به کوچه داشت. کافیه قدم‌به‌قدم به دنبال نوش‌آفرین بود. هردو می‌دانستند که حسین، بیدار و هوشیار پشت در اتاق خودش منتظر است که اگر یدالله و جمیله بیدار شدند، سر آن‌ها را گرم کند. نوش‌آفرین درست همزمان با شنیدن صدای چرخ گاری پُستی، تند و تیز به بیرون دوید. گاری که تمام عرض کوچه باریک را گرفته بود، پشت به او داشت. نوش‌آفرین پرده پشت گاری را کناری زد و چون گربه‌ای به‌سرعت از آن بالا رفت و چادر کرباسی پشت گاری را پایین کشید. همان‌طور که قرار بود سرفه‌ای کرد. گاری راه افتاد. نوش‌آفرین نفسی عمیق کشید و خودش را لای کیسه‌های پُستی جا داد. آرزو می‌کرد همه چیز همین‌گونه راحت پیش برود و او بتواند کودکش را به تهران برساند.

روز گذشته، نونوش‌خانم و نبات‌خانم، هنگامی‌که به عنوان احوالپرسی از نوش‌آفرین که همگان فکر می‌کردند به سختی بیمار است به خانه او آمده بودند، دوباره جزئیات برنامه فرار او و رضا و دلیل تصمیم خودشان را برایش توضیح داده بودند.

نبات و نونوش‌خانم به این نتیجه رسیده بودند که باید در همین مدت عزاداری که همه سرشان گرم است، نوش‌آفرین و کودکش را روانه تهران کنند.

برای این‌کار لازم بود که حسین هم با آن‌ها برود و بهترین راه این است که آن‌ها را با قافله‌ی شیرخان بفرستند تا امن‌تر و مطمئن‌تر باشد.

قافله شیرخان به‌دلیل تعداد قاطرهای چابک و سالمی که داشت یکی از معروف‌ترین قافله‌هایی بود که هفته‌ای دو بار از سوادکوه به تهران می‌رفت. سر راه در دهات مختلف می‌ایستاد تا هم مسافرها را بردارد و یا پیاده کند، و هم بارهـای میـوه و خـوراکی و کیسـه‌های پُستی را. در راه بازگشت از تهـران هـم کالاهای مورد نیاز دکان‌های آن منطقه و مالکین را برایشان می‌آورد.

قافله‌دار شیرخان، مرد میانه‌سالی بود به نام علی‌خان که همراه با دو پسرش اردشیر و گل‌برار، که جوان‌هایی رشید و نیرومند بودند، قافله را می‌گرداندند. علی‌خان از اقوام شوهر نبات بود و آن‌ها به او کمک‌های زیادی کرده بودند. برای همین وقتی نبات‌خانم از علی‌خان خواست که نوش‌آفرین و کودکش را بی‌سروصدا به تهران برسانند، او پذیرفت. و هم او بود که از گل‌برار که نامه‌ها و بسته‌های پستی جمع شده را به کاروانسـرای آلاشـت می‌رسـاند خواست که سرراه بدون آن‌که کسی متوجه شود، نوش‌آفرین و کودکش را بردارد.

نونوش و نبات برنامه را این‌گونه تدارک دیده بودند که مرتب به همگان بگویند نوش‌آفرین پس از شنیدن خبر مرگ شوهرش به شدت بیمار است. تب دارد و تقریباً نیمه بیهوش است. به این‌ترتیب، نبودِ او در مراسم عزاداری، دو روز اول بسیار عادی به‌نظر می‌آمد. اما حسین و یدالله و جمیله، همانگونه که رسم مردم مازندران است موظف بودند که تا پایان روزهای عزاداری که هفت روز می‌شد، هر روز از صبح تا شام در خانه‌ی صاحبان عزا باشند.

قـرار بر این بـود که روز سوم، که نوش‌آفرین به سـوی کاروانسـرای آلاشـت می‌رود، حسین هفت صبح به یدالله بگوید: «حال نوش‌آفرین خانم خوب نیست و من باید بروم و ننه‌تیکا را بیاورم اینجا. بعد خودم به آنجا خواهم آمد. جمیله هم بهتر است بماند همین‌جا تا اگر کاری پیش آمد کمک باشد».

فصل هفدهم

ساعت هفت صبح سه‌شنبه سی‌ویکم اردی‌بهشت ۱۲۵۷ حسین سوار بر اسبی که عباسعلی‌خان، وقتی که به آلاشت نقل‌مکان کرده بودند به او بخشیده بود، از باغ بیرون رفت. دو ساعت پس از حرکت کاروانی که نوش‌آفرین و رضا را با خود به سوی گردنه گدوک می‌برد.

حسین به‌تاخت به سوی جهتی که کاروان در حرکت بود، رفت. با کلاه و کتی بلند و کهنه و شالگردنی که به دور گردنش پیچیده بود، شبیه چارواداران ِ آن منطقه شده بود.

ساعت حدود هشت بود که او به کاروان رسید. بیش از صد قاطر، دوتادوتا، تخت روانی را می‌کشیدند. تخت روان‌ها، اتاقک‌هایی مسقف با دو مترونیم طول، و یک مترونیم عرض بودند. اتاقک‌ها از دو طرف به دو دیرک افقی و بلند وصل می‌شدند که دو دسته در جلو و دو دسته در عقب داشتند. دسته‌ها به دو قاطر بسته شده بود. در این اتاقک‌ها چهار نفر می‌توانستند بنشینند، با لوازم ضروری خواب و خوراک و چای و قلیان. گاهی‌اوقات هم وقتی افرادی غیرفامیل در یک تخت روان بودند، میان این اتاقک را با پارچه‌ای کلفت به دو قسمت می‌کردند.

این اولین باری بود که حسینِ کاروانی به آن بزرگی را در ایران می‌دید. قبلاً با عباسعلی‌خان و خواهر تازه‌عروس‌اش، راه بین تهران و بابل‌کنار را با کاروانی کوچک طی کرده بود. کاروانی کرایه‌ای متشکل از چهار قاطر و دو تخت روان و یک چارواادار.

اکنون درست چهار سال از آن زمان می‌گذشت. چهار سالی که برای او خاطره‌های تلخ و شیرین و تجربه‌های زیادی داشت. اما اکنون خوشحال بود که به تهران بازمی‌گردند. گذشته از آن‌که می‌دانست در تهران خواهر و خواهرزاده‌اش از امنیت بیشتری برخوردارند، احساس می‌کرد که در تهران او نیز زندگی راحت‌تری خواهد داشت و مهم‌تر از همه به‌عنوان یک بیگانه کمتر مورد بی‌مهری قرار خواهد گرفت.

حسین به محض رسیدن به کاروان، سرعت‌اش را کُند کرد و یکراست به سراغ شیرخان، که سوار بر اسبی در کنار کاروان حرکت می‌کرد رفت. شیرخان و پسرانش را چند باری در خانه نبات‌خانم دیده بود، به او سلام گفت. شیرخان با لبخندی آشنا پاسخ‌اش را داد:

ـ خوش آمدی. خوب به‌سرعت خودت را رساندی جوان.

و همانطور که در کنار او حرکت می‌کرد، به آهستگی گفت:

ـ خواهرت در تخت روان دَهمی است. طرف راست.

حسین همانطور که به ردیفِ تخت روان‌ها نگاه می‌کرد، سرش را تکان داد و شیرخان ادامه داد:

ـ جز خواهرت فقط یک زن و شوهر از فیروزکوه در آن تخت روان هستند که سمت چپ نشسته‌اند. هیچ آشنایی با آلاشتی‌ها ندارند. آن‌ها جهود هستند اما هیچ کسی نمی‌داند.

و بعد همانطورکه سر اسب‌اش را به سویی دیگر می‌گرداند، گفت:

ـ به خواهرت بگو تا وقتی به تهران برسیم، وقتی از کجاوه پیاده می‌شود رویش را به کسی نشان ندهد. تو هم زیاد دورو بَر آن‌ها نگرد. نشان بده که به همه جا سر می‌کشی.

حسین پس از مدتی این‌طرف و آن‌طرفِ کاروان حرکت کردن و خوش‌وبشی با پسران شیرخان، خودش را به دهمین تخت روان رساند و بلافاصله چهره نوش‌آفرین را از لای پرده‌ای که جلوی تخت روان بود دید. نوش‌آفرین که در تمام مدت از لای پرده چشم به بیرون داشت، به دیدن او با خوشحالی پرده را اندکی پس زد و به ترکی و با صدای آهسته‌ای گفت:

ـ نگران بودم که نتوانی بیایی.

ـ همه چیز به خوبی گذشت. تو جایت راحت است؟

ـ آه، بله. خیلی خوبه. بچه هم تمام وقت خوابیده.

و با خنده‌ای افزود:

ـ تکان‌ها از ننو بهتر خوابش کرده.

حسین، بسته‌ی غذایی را که با خود آورده بود از پشت اسب برداشت و به درون تخت روان نوش‌آفرین انداخت:

ـ نبات‌خانم داده... من باید بروم. بهتر است تا کاروانسرای گدوک با هم گفتگو نکنیم. رویت را هم جلوی هیچ کسی تا تهران باز نکن.

و به سرعت از او فاصله گرفت تا در نقش یکی از چارواداران هم به شیرخان و پسرانش کمک کند و هم دورادور مراقب خواهرش باشد. در همان هنگام متوجه شد که از لای پرده‌ی کجاوه کنار تخت روان نوش‌آفرین، چهار چشم خیره به او می‌نگرند.

حسین با این‌که می‌دانست شیرخان، نوش‌آفرین را به عمد در جایی نشانده که همسفران آلاشتی او را نشناسند، باز از وقتی که فهمید در کنار او دو یهودی نشسته‌اند نگرانی و دلهره‌ای تازه پیدا کرده بود.

حسین و نوش‌آفرین همچون برادران بزرگ‌ترشان در همان ماه‌های اولی که به تهران مهاجرت کرده بودند، متوجه شده بودند که غیرمسلمان‌ها وضعیت خیلی بدی در ایران دارند. همه آن‌ها از دید روحانیون و بیشتر مردمان، نجس و غیرقابل معاشرت پنداشته می‌شدند.

به همین دلیل آن‌ها به هیچ کسی نگفته بودند که مادرشان مسیحی بوده

است. البته بهائی‌ها را که زمان امیرکبیر کشته و یا فراری داده بودند و یهودی‌ها وضع‌شان از دیگر اقلیت‌های مذهبی بدتر بود. کوچاریان، معلم زبان فارسی‌شان برای آن‌ها گفته بود که هیچ‌کدام از اقلیت‌های مذهبی نمی‌توانستند از وسایلی که مسلمانان استفاده می‌کنند، استفاده کنند. ازجمله اجازه ندارند با کاروان‌ها سفر کنند، یا در شهرها سوار اسب و قاطر شوند.

آن‌ها وقتی در تهران بودند، بارها در کوچه و خیابان، زرتشتی‌ها و مسیحی‌هایی را دیده بودند که لباسی زرد پوشیده و یا روسری‌های سفید بر سر دارند؛ و یهودیانی که مجبور بودند زنگوله‌ای به مچ پا داشته باشند تا مسلمانان بتوانند آن‌ها را تشخیص دهند و به سرعت از آن‌ها فاصله بگیرند.

کوچاریان همچنین برای آن‌ها تعریف کرده بود که حدود سی سال پیش، در ماجرایی که به آن «الله داد» می‌گویند، در مشهد به خانه‌های یهودیان ریخته بودند و اموال‌شان را غارت کرده، خانه‌هایشان را آتش زده، و دختران خردسال‌شان را چندتا چندتا به عقد اجباری روحانیون درآورده بودند و آن‌ها را وادار به پذیرش اسلام کرده بودند.

آخرینِ این نوع جنایت‌ها، همین چندسال پیش اتفاق افتاد که ده‌ها یهودی را کشته و دو تن از آن‌ها را زنده‌زنده سوزانده بودند. معلم مسیحی می‌گفت: «بالأخره هم با دخالت سفرای روسیه و انگلیس، اجازه دادند که هر کسی بخواهد می‌تواند به دین خودش برگرد، اما کدام شیردلی جرأت چنین خواستی را دارد».

حسین همانطورکه به تقلید از چاروادارهای دیگر، در اطراف کاروان رفت‌وآمد می‌کرد، مرتب حواس‌اش به دهمین تخت روان بود. اما هربار که از کنار آن می‌گذشت، فقط صدای گفتگوی خواهرش را با همسایگانش می‌شنید. نمی‌فهمید چه می‌گویند اما همین گفتگو هم نگرانش می‌کرد. تعجب می‌کرد که خواهرش که معمولاً با غریبه‌ها خیلی دیر جوش می‌خورد با این اشخاص این‌گونه و به‌سرعت سر گفتگو را باز کرده است. آیا نمی‌داند که آن‌ها جهود هستند.

فصل هجدهم

بعد از ظهر هفتمین روز سفر، علاوه بر سرما و بادی که از صبح شروع شده بود، برف سنگینی باریدن گرفت و به سرعت شدت پیدا کرد. تا آن روز، کاروان که معمولاً راه بین آلاشت و کاروانسرای گدوک را هشت روزه طی می کرد، توانست هفت روزه و به راحتی به گردنه گدوک برسد. هیچ چیز غیرمنتظره ای مانع شان نشده بود. علاوه بر آن، شیرخان به خاطر حضور نوش آفرین و سفارش هایی که نبات خانم کرده بود، توقف های همیشگی را کمتر کرده بود تا زودتر از همیشه به تهران برسند. در ششمین منزل هم به همه گفته بود که در کاروانسرای گدوک به جای دو شب، یک شب بیشتر نخواهند ماند و تصور می کرد که با این حساب دو روز زودتر از زمان های دیگر به تهران خواهد رسید. حسین و نوش آفرین تقریباً خیال شان راحت شده بود که عموها و دایی های رضا حتی اگر از فرار آن ها مطلع شده باشند هم نمی توانند خودشان را به آن ها برسانند. اما ریزش برف به قدری زیاد بود که وقتی به چندصد زرعی کاروانسرا رسیدند دیگر کاروان به سختی پیش می رفت. پای قاطرها در برف که فرو می رفت به سختی بالا می آمد. چاروادارها و مردان جوان کاروان، قدم به قدم راه را پاک می کردند که کاروان بتواند چند زرع

جلوتر برود. سوز و سرما به‌قدری بود که صدای آه و ناله و دعاخوانی مسافران شنیده می‌شد.

نوش‌آفرین که از شدت سرما می‌لرزید، بچه را محکم در بغل گرفته بود. هرچه لباس در کیسه بود روی هم پوشیده بود و یا رضا را در آن پیچیده بود. آهوا، زن یهودی، پرده را پس زد و پوست گوسفندی را که خودش را با آن گرم می‌کرد، جلوی او انداخت و گفت:

ـ بچه را در این بپیچ، فقط صورتش بیرون باشد.

نوش‌آفرین وقتی می‌خواست کودک را در پوستینی که زن یهودی به او داده بود بپیچد، متوجه شد که بچه‌اش سفید شده است و هیچ حرکتی نمی‌کند. با هراس پرده بین قسمت خودش و آهوا و شوهرش را کنار زد و درحالی‌که بچه را به آن‌ها نشان می‌داد گفت:

ـ بچه‌ام سفید شده، انگار که جان ندارد.

آهوا و اسحاق نگاهی به بچه انداختند و اسحاق گفت:

ـ یکی را خبر کن. شاید بتوانند تو و بچه را زودتر به کاروانسرا برسانند.

نوش‌آفرین نمی‌دانست که را باید خبر کند. پرده را اندکی کنار زد، هیچ کسی در آن اطراف نبود. برف و کولاک راه را بر نگاه بسته بود. نوش‌آفرین فقط می‌توانست حرکتِ محوِ افرادی را در جلوی کاروان ببیند که در حال باز کردن راه بودند.

اشکِ چشمانش بر روی گونه‌هایش یخ بست. به سوی آهوا چرخید:

ـ هیچ کس نیست، هیچ کس.

و بچه را به سینه چسباند.

با پدیدار شدنِ بخشی از گنبد مخروطی امامزاده‌هاشم و دودهایی که از دودکش‌های کاروانسرای شاه‌عباسی گدوک، سقفی کبود بر سر کاروانسرا کشیده

بود. صدای شادی چارواادارها بلند شد. حسین به سوی دلیجان نوش‌آفرین رفت تا به او رسیدن به کاروانسرا را اطلاع دهد. اما با چهره سفید شده و چشمان نگران نوش‌آفرین روبرو شد. نوش‌آفرین در حالی‌که رضا را در پوستینی پیچیده شده بود به سینه می‌فشرد و دندان‌هایش از سرما و ترسِ از دست دادن کودکش به‌هم می‌خورد، به حسین گفت:

ـ بچه صدایش در نمی‌آید. انگار نفس نمی‌کشد.

حسین لحظه‌ای هراس‌زده و مبهوت به او نگاه کرد و سپس به‌سرعت سر اسبش را برگرداند و به سوی شیرخان رفت. تا از وضعیت کودکِ خواهرش به او خبر دهد.

کاروانسرای شاه‌عباسی یا گدوک، در شش فرسنگی جنوب «ورسک» در گردنه‌ی کوهی به همین نام قرار داشت.

گدوک از دو کلمه «گُده» و «دوک» ساخته شده که در زبان مازندرانی به معنای برجستگی و ناهمواری است. گدوک مرتفع‌ترین بخش مسیر شهرستان سوادکوه به شهرستان فیروزکوه در استان مازندران است. کاروانسرای گدوک از جمله کاروانسراهایی بود که در دوران شاه‌عباس ساخته شده‌اند.

برای کاروانیان، این کاروانسرا یکی از بهترین اماکنی بود که می‌توانستند یک یا چند شب در آن اتراق کنند. ده‌ها غرفه وسیع و سرپوشیده داشت که با آجر ساخته شده بودند. چند آشپزخانه و وسایل پذیرایی در آن مهیا بود. البته مثل همه‌ی اماکن عمومی، برای افراد مهم مملکتی و یا کسانی که پول زیادی پرداخت می‌کردند، اتاق‌های اختصاصی هم داشت. کاروانسرای گدوک سه اتاق بزرگ، بلافاصله بعد از ورود به کاروانسرا و کنار در اصلی قرار داشت که به آن شاه‌نشین می‌گفتند.

اردشیر که جلوتر از همه خودش را به کاروانسرا رسانده بود. یکی از

شاه‌نشین‌ها را برای نوش‌آفرین و فرزندش و زن‌وشوهر یهودی اجاره کرد. او آن‌ها را خانواده یکی از ملاکین بابل کنار معرفی کرده بود.

کاروانیان، قاطرها را به زیر سقف‌هایی که با حصیر پوشانده شده بود می‌کشاندند، و مسافران درحالی‌که می‌لرزیدند، به سختی خودشان را به بخش‌های داخلی کاروانسرا و کنار اجاق‌های روشن می‌رساندند.

نوش‌آفرین با هراس و بدون آن‌که دیگر بترسد که رویش را کسی ببیند و درحالی‌که مدام اشک می‌ریخت، به‌دنبال حسین که رضا را در آغوش داشت، می‌رفت. نوکرهای کاروانسرا به‌سرعت اجاق یکی از شاه‌نشین‌ها را روشن کرده بودند و وقتی اردشیر آن‌ها را به آنجا برد، گرمای لذت‌بخشی به استقبالشان آمد. اما این گرما و چسبیدن نوش‌آفرین به آتش هیچ تغییری در وضعیت بچه به‌وجود نیاورد. تمام شب نوش‌آفرین تکیه داده به دیوار، کنار کودکش که نزدیک آتش خوابیده بود، بی‌صدا اشک می‌ریخت. چندبار آهوا و حسین خواستند او را آرام کنند یا چیزی به او بخورانند، اما او کمترین توجهی به آن‌ها نداشت. نزدیکِ صبح، نوش‌آفرین که پس از دو روز بی‌خوابی، چند دقیقه‌ای بود که به خواب رفته بود، ناگهان از شنیدن نفس عمیق کودکش از خواب پرید. سرش را به صورت بچه که زیر نور فانوس و نوری که از آتش اجاق برمی‌خاست سرخ‌رنگ بود، نزدیک کرد و ناگهان از شادمانی فریادی کشید و کودک را در بغل گرفت. چند لحظه‌ی بعد صدای گریه کودک اتاق را پُر کرد. حسین و آهوا و همسرش از جا پریدند و به سوی نوش‌آفرین رفتند. نوش‌آفرین رو به دیوار کرد تا بتواند پستانش را بیرون بیاورد. آهوا سرش را نزدیک او برد و گفت:

ـ قبل از شیر دادن، دست‌وپایش را مالش بده.

با شروع حرکت کاروان در جاده‌ای که به سوی تهران پیش می‌رفت، نوش‌آفرین درحالی‌که رضا را در آغوش داشت، به خوابی عمیق فرو رفت. تنها وقتی چشمانش را گشود که صدای آهوا بیدارش کرد:

ـ رسیدیم... پاشو رسیدیم!

نوش‌آفرین به روی رضا چشم گشود. رضا با چشمانی باز و نفس‌هایی آرام و مرتب به او نگاه می‌کرد. نوش‌آفرین پرده کاروان را کنار زد.

دورو‌بَر دروازه پُر از سربازانی بود با نیم‌تنه‌ی آبی با سردست‌های سرخ‌رنگ و کلاه پوستی‌های سیاه که زیر نور فانوس‌ها برق می‌زد. دَه‌ها فانوس بر سردر و ستون‌های دروازه شمیران هنوز روشن بود و به فضای گرگ‌ومیش صبحگاهیِ اواخر بهار حالتی مطبوع می‌داد.

لبخندی به رضایت بر لبان نوش‌آفرین نشست؛ بی‌آنکه بداند حضور این‌همه سرباز کنار دروازه، آماده‌باشی نظامی‌ست در پی جنگی که در همان روزها بین امپراتوری روسیه و امپراتوری عثمانی شروع شده است.

نوش‌آفرین به سوی آهوا بازگشت با لبانی گشوده از خنده او را در آغوش گرفت و او نیز گفت:

ـ رسیدیم. رسیدیم.

و دوباره نگاهش را به رضا که همچنان به او می‌نگریست دوخت و به زمزمه گفت: «نجات پیدا کردی جان دلم. دیگر کسی نمی‌تواند تو را از من بگیرد».

فصل نوزدهم

نوش‌آفرین در یکی از اتاق‌های بیرونیِ طبقه پایینِ خانه‌ی برادرش، علی‌خانِ حکیم نشسته بود؛ رو به حیاطِ انباشته از گل‌های عطرآگین تیرماه ۱۲۶۱ خورشیدیِ تهران و نگاهش به مبارک و عبدالله بود که از چندروز زودتر حیاط را برای میهمانی پنجشنبه آماده می‌کردند. یکی‌شان گلیم‌ها و قالیچه‌ها را جارو می‌کرد و دیگری با گل‌های باغچه ور می‌رفت. تماشای فضای خانه، او را دوباره یاد شب عروسی‌اش با عباسعلی‌خان می‌انداخت.

پنج سال و چندماه می‌شد که از آلاشت گریخته بود. زندگی در خانه‌ای که دوست می‌داشت، با برادری عزیز و همسر مهربانش، جان تازه‌ای به او داده بود و چهره‌اش شکفته و دوچندان زیباتر از گذشته می‌نمود. اضطرابی که در آلاشت داشت و تا یکی‌ـدو سال پس از بازگشت به تهران هم با او بود، جای خود را به آرامش داده بودند. با این‌حال، در هر بزنگاهی که برخی از خاطرات گذشته‌اش زنده می‌شد، یا نگران از دست دادن رضا می‌شد، دوباره تلخی سنگینی بر جانش می‌نشست و آزارش می‌داد. یکی از این خاطرات، شب ازدواجاش با عباسعلی‌خان بود. خاطره‌ای که اکنون فانوس‌های آویزان شده بر درخت‌ها، آن را زنده و تلخ روبرویش نشانده بودند.

عباس‌علی‌خان آدم بدی نبود و شاید اگر با او ازدواج نمی‌کرد، همیشه یادآوری خاطراتی که در آن خانه با او گذرانده بود، برایش مطبوع هم بود. اما ازدواج با او همه‌ی آن یادها را تحت‌الشعاع قرار می‌داد؛ آنسان‌که باورش نمی‌آمد آن‌چه که از آن خاطرات روبرویش نشسته، متعلق به خود او بوده باشد و یا حتی واقعی باشد. مثل تصویرهایی از قصه‌هایی بود که در کودکی می‌شنید: دختری زیبا وجوان را طلسم کرده‌اند تا بی‌اعتراض و در سکوت به ازدواج پادشاهی پیر درآید.

***

در لباس اطلس سفید و تور انبوه و بلندی که روی سر و صورت و کل بدنش چنان فروافتاده که هیچ چیز از او دیده نمی‌شود، به شئ‌ای مخروطی سفیدرنگی می‌مانست. جلوی پنجره‌ی گشوده به حیاط نشسته و از پشتِ تور سفید، می‌تواند همه‌ی قسمت‌های حیاط را که با پرده‌ای به دو نیم شده تماشا کند. عباس‌علی‌خان در قسمت مردانه روبروی او نشسته است. در لباس نظامی پُرزرق و برقاش چنان می‌نماید که گویی آدمکی عظیم را لباس پوشانده و بر صندلی نشانده‌اند.

در قسمت دیگر حیاط، صدای هلهله زنان با صدای تنبک و دایره‌ی دسته‌ی مطرب‌ها، درهم می‌آمیزد و ناموزون و گوشخراش نوش‌آفرین را آزار می‌دهد. در قسمت مردانه، نوجوانی با لباس و آرایشی زنانه می‌رقصد. نمی‌رقصد مدام می‌چرخد تا مردانی که با چشمانی شهوتناک و خمار از تریاک و عرق به او نگاه می‌کنند، در شال سرخی که به کمرش بسته، سکه‌ای بگذارند و او دوباره می‌چرخد، می‌چرخد و می‌چرخد...

نوش‌آفرین سرش گیج می‌رود و از سنبل که در کنار صندلی‌اش بر زمین چمباتمه زده است، به زبان ترکی آب می‌خواهد. سنبل از جا می‌پرد و لحظه‌ای بعد با کاسه‌ای شربت معطر برمی‌گردد و درحالی‌که قربان‌صدقه‌اش می‌رود

گوشه‌ای از تور روی صورتش را کنار می‌زند و کاسه را به دهان او نزدیک می‌کند. نوش‌آفرین سر می‌گرداند و به آرامی کاسه را پس می‌زند و با صدایی که به‌سختی از گلویش بیرون می‌آید، می‌گوید:

ـ دارم خفه می‌شوم. کمکم کن.

سنبل، بدو به حیاط می‌رود و لحظه‌ای بعد با دو زن که سروصورت خود را پوشانده‌اند به سوی او می‌آیند. زن‌ها تَر و فرز زیر بغل او را می‌گیرند و تقریباً کشان‌کشان به قسمت زنانه می‌برند.

در چشم برهم زدنی، تورها را کنار می‌زنند و گل‌های مصنوعی رنگارنگی را که بر گیسوان بلوطی رنگش نشانده‌اند، برمی‌دارند. دو تا از پیرزن‌ها درحالی‌که او را با بادبزن‌های حصیری رنگین باد می‌زنند، اورادی را به زبانی که برای او نامفهوم است می‌خوانند، و زن جوانی به‌زور آب در دهانش می‌ریزد. هیچ احساسی ندارد جز این‌که می‌خواهد از آنجا فرار کند. فرار کند و نزدِ مادرش به تفلیس برود. اما نمی‌تواند برخیزد. فکر می‌کند که به زمین چسبیده است. ناگهان صداها خاموش می‌شود، سکوت چند لحظه چنان بر فضا مسلط می‌شود که گویی هیچ موجود زنده‌ای در آنجا نیست و بلافاصله صدایی تلخ در فضا می‌پیچد و کلماتی از جنس کلماتی که زنان پیر می‌خواندند همه جا را پر می‌کند و بعد کلماتی که برایش قابل فهم هستند می‌شنود: یک جلد کلام‌الله مجید، یک دست آینه و شمعدان، یک زوج لاله، سه دست لباس، یک گردنبند طلا، صد تومان شیربها، دویست تومان در زمه... نوش‌آفرین فرو می‌افتد و قبل از آن‌که از هوش برود، زنی با انگشتی در دهان، فریاد می‌زند عروس خانم گفت «بله». عروس خانم گفت «بله».

***

ـ خانم می‌فرمایند اگر برای رفتن آماده‌اید، بیایید پایین.

نوش‌آفرین با ابروانی گره خورده و صورتی رنگ‌باخته، تکانی خورد و با گیجی

به سنبل خیره شد. با دیدن چهره شاد سنبل کم‌کم صورتش باز شد و لبخند شیرین همیشگی‌اش آن را روشن کرد. قلاب بافتنی و جوراب نیمه‌تمامی را که در دست داشت کناری گذاشت و زیر لب گفت:

ـ مگر چه ساعتی‌ست؟

و از جا برخاست و به سوی ساعت پدر رفت، که پس از آمدن به خانه برادر دوباره آن و گردنبند صلیب مادر را از کیسه کتانیِ آویخته به گردنش، بیرون آورده و در طاقچه اتاق قرار داده بود. ساعت، هشت صبح را نشان می‌داد، همان ساعتی که باید راه می‌افتادند و به بازار می‌رفتند. نگاهی به دور و برش انداخت و به سنبل گفت:

ـ رضا کجاست؟

ـ تو پنج‌دری‌ست، پیش بی‌بی حمیده با آقا مصطفی بازی می‌کند.

ـ وقتی من می‌روم هر کاری داری کنار بگذار و مراقب رضا باش.

ـ چشم خانم چشم.

ـ نگذار از پنج‌دری یا این اتاق به جای دیگری برود. دیروز چشم هم گذاشتم، رفت بالای نرده و آن بالا ایستاد. اگر نگرفته بودمش پرت شده بود توی حیاط.

ـ این‌قدر نگران نباشین خانم. مراقبش هستم. بچه شما به جونم بسته است.

نوش‌آفرین درِ صندوق چوبی بزرگی را که گوشه‌ی اتاق بود باز کرد، بقچه‌ای را از آن بیرون آورد و تکه‌هایی از چادر و روبنده و سربند را از میان آن بیرون کشید و وسایل بافتنی‌اش را در آن گذاشت.

از وقتی دوباره در خانه برادر زندگی می‌کرد، با این‌که به خاطر ازدواج برادرش، خانه تغییرات زیادی کرده بود و او استقلال قبلی را نداشت، اما راضی و شاد بود. خیالش راحت بود که فرزندش در امن و امان است. و مهم‌تر از همه آن‌که در این مدت توانسته بود با جوراب‌بافی، که آن را از مادر آموخته بود، و

فروش آن‌ها به‌وسیله سنبل به زنان دوست و آشنا و همسایه، درآمدی برای خودش دست‌وپا کند که نه‌تنها دیگر برای خرید کفش و لباس و چیزهای دیگری برای رضا و خودش نیازی به برادر نداشت، بلکه پس‌اندازی هم برای خودش و سنبل فراهم شده بود.

در ابتدا علی‌خان و به‌ویژه منورالدوله با کار کردن او موافق نبودند. در آن روزگار فقط زنان فقیر یا کم‌بضاعت کارهای دستی‌شان را می‌فروختند و به همین دلیل قرار شده بود جوراب‌ها به نام سنبل و به‌دست او فروخته شود که البته نوش‌آفرین بابت این کار پولی هم به سنبل می‌پرداخت.

منورالدوله، دختر عطاءالسطنه و خواهر ضرغام‌السلطان بود، از بازرگانان ثروتمند و با نفوذ تهران. آن‌ها چند سالی بود که القاب‌شان را به دلیل نسبت نزدیکی که مادر منورالدوله با خانواده همسرِ عبدالمجید، امپراتور درگذشته‌ی عثمانی، داشت گرفته بودند. البته گرفتن این القاب در دوران قاجاریه، بدون ارتباط‌هایی با دربار، و به‌ویژه داشتن ثروت امکان‌پذیر نبود. در واقع بیشتر لقب‌ها به‌ویژه در دوران ناصرالدین‌شاه قابل خریداری بودند. هرچه بود، منورالدوله از این لقب بدش نمی‌آمد و البته برخلاف بیشتر زنان قاجاری صاحبِ القاب «دوله»، «سلطنه» و غیره، زنی تربیت شده و باسواد بود. او علاوه بر زیبایی، به شکلی وسواس‌گونه به لباس‌ها، شیوه‌ی آداب معاشرت و حتی اشیای اروپایی علاقمند بود.

خانه علی‌خان خانه‌ای نبود که چندسال پیش نوش‌آفرین آن را ترک کرده بود، بیشتر چیزها تغییر کرده بود: جای مبلمان سنّتی، مبل‌ها و میز و صندلی‌هایی شبیه آن‌چه که نوش‌آفرین در تفلیس دیده بود، قرار داشتند. مخده‌ها تنها در اتاقی جای گرفته بودند که برخی از میهمانانِ اهل کشیدن قلیان و تریاک در آنجا می‌نشستند. ظروف غذاخوری، لیوان‌ها، و وسایل قهوه و چای

همه یا مارک اتریش را بر خود داشتند و یا انگلیس. با این‌که چند سالی بود انواع لیوان، بطری، جام و کوزه قلیان و غیره در کارگاه‌های شیشه‌سازی تبریز، اصفهان، کرمان و تهران تولید می‌شد، اما آن‌ها برای جمعیتی که در ایران روزبه‌روز زیادتر می‌شدند، نه کافی بودند و نه باب طبع طبقات مرفه.

از وقتـی ناصـرالدین‌شاه بـه اروپـا رفتـه بـود و مجـذوب مُـد و طـرز زنـدگی اروپایی‌ها شده بود، نه‌تنها زنان حرمسرای او، که زنان مرفه نیز سعی می‌کردند از لباس‌ها و آداب اروپایی‌ها تقلید کنند و هرکدام به اندازه توان مالی‌شان اشیای اروپایی یا روسی را که قیمت‌های گرانی هم داشتند، می‌خریدند.

منورالدوله حتی قاشق و چنگال را نیز که فقط در دربار و خانه‌های اشرافی استفاده می‌شد، در خانه خود همگانی کرده بود. البته نوش‌آفرین و برادرش قبلاً هم طبـق عادتی کـه در گرجستان معمول بـود از قاشق استفاده می‌کردند، اما اکنون همه‌ی اهالی خانه موظف بودند با قاشق غذا بخورند.

سنبل برای نوش‌آفرین تعریف کرد که دو ـ سه هفته طول کشید تا منورالدوله به آن‌ها یاد دهد که چگونه به جای انگشتانشان، با قاشق غذا بخورند. سنبل با این‌که مثل همه‌ی کنیزها، صبور و آرام بود، ولی گاه از سخت‌گیری‌های منورالدوله شاکی مـی‌شـد. یکـی از ناراحتی‌هایش نداشتن اجازه ورود به قسـمت‌هایی از اندرونی خانه بود. البته از وقتی نوش‌آفرین بازگشته بود، او آزادی‌های بیشتری احساس می‌کرد، و مهم‌تر این‌که می‌توانست با نوش‌آفرین حرف بزند و دردِدل کند.

قسـمت انـدرونی خانـه فقـط در اختیـار منورالدوله، علی‌خـان و پسرشـان مصطفی و بی‌بی‌حمیده بود؛ دایه‌ای که با جهیزیه منورالدوله از خانه پدری آمده بود و اکنون پرستار پسرشان بود. سنبل و مبارک و عبدالله که تا قبل از ازدواجِ علی‌خان در همه جای خانه رفت‌وآمد می‌کردند، اجازه نداشتند به آن‌طرف خانه بروند. همگی آن‌ها می‌توانستد فقط در زیرزمین‌ها و آشپزخانه و گاه در اتاق

پنج‌دری بیرونی رفت‌وآمد داشته باشند. البته علی‌خان یک سال پس از ازدواج به خواست منورالدوله مریض‌خانه‌ی خانگی‌اش را بست و بخشی از زیرزمین را تبدیل به انبار غذا کردند و بقیه را در اختیار مستخدمین گذاشتند.

منورالدوله سه تا از اتاق‌های بیرونی را برای میهمانانی که از راه دور می‌آمدند و یا گاهی شب در خانه آن‌ها می‌ماندند مبلمان کرده بود، و وقتی نوش‌آفرین از آلاشت بازگشت، یکی از آن‌ها را که دری به اندرونی داشت در اختیار او گذاشت. فردای روزی که نوش‌آفرین به خانه برادرش وارد شد، منورالدوله با لحنی ملایم و دوستانه به او گفت:

ـ فکر نکن چون اتاق تو در بیرونی‌ست، موقت اینجا خواهی بود. تو همه‌جا با ما خواهی بود. اینجا خانه خودت است و تا هر وقت که بخواهی تو و پسرت اینجا خواهی بود. به سنبل هم گفته‌ام در خدمتت باشد.

نوش‌آفرین که از این‌همه مهربانی بغض کرده و نفس‌اش به شماره افتاده بود، با جملاتی کوتاه از او قدردانی کرده و از همان روز بود که این فکر هیچ‌وقت رهایش نکرد که اگر برادر و برادرزاده‌های عباسعلی‌خان ارثیه پسرش و حق او را داده بودند، او می‌توانست برای خودش خانه و زندگی مستقلی داشته باشد. با این‌حال خوشحال بود که می‌تواند در خانه برادرش زندگی کند و درآمدی هم برای خودش داشته باشد. او بارها دیده و شنیده بود در ایران زنانی که همسرشان می‌میرد یا طلاق‌شان می‌دهند، تا آخر عمر در فقر و بدبختی زندگی می‌کنند.

منورالدوله و نوش‌آفرین خیلی زود به‌هم نزدیک و دوست شده بودند. با این‌که یکی‌شان شلوغ و پُرجنب‌وجوش و پُرحرف بود و یکی‌شان آرام و ملایم و بی‌های‌وهوی، اما خیلی زود به‌هم نزدیک شدند. در واقع بیشتر اوقات را با هم می‌گذراندند؛ با هم به گشت‌وگذار و خرید می‌رفتند و بچه‌هایشان همبازی‌های

خـوبی بـرای هـم شـده بودنـد. منورالدوله کمتر حوصلـه بچه‌ها را داشت، اما نـوش‌آفرین سـاعاتی در روز را بـا بچـه‌ها می‌گذرانـد. به آن‌ها نوشـتن و خوانـدن فارسـی و روسـی را یاد می‌داد، برایشـان قصه می‌گفت و سرشان را بـا بازی‌های مختلف گرم می‌کرد. پسر برادرش معمولاً از آموختن در می‌رفت، اما رضا با اصرار مـی‌چسبید بـه او و مـی‌خواست برایـش حرف بزند یا قصه بخواند؛ و او برایش قصه‌های کهن گرجی را که به زبان روسی ترجمه شده بود به فارسی و گاه به روسـی مـی‌گفت یا مـی‌خواند. رضا علاقه زیادی داشت که داسـتان جنگ‌های داویدشاه را که نوش‌آفرین از مادرش شنیده بود برای او بگوید، و نوش‌آفرین هر کجایی که کم کم می‌آورد چیزهایی را که دوست داشت به آن می‌افزود.

رضا و مصطفی علاوه بر فارسی، گوششان به زبان‌های ترکی و روسی نیز آشنا بود. وقتی که نوش‌آفرین و منورالدوله با هم، یا با سنبل و مبارک، ترکی صحبت مـی‌کردند و یا وقتی نوش‌آفرین و برادرش با هم روسی صحبت می‌کردند. البته بیشتر اوقات علی‌خان پاسخ‌ها را به فارسی می‌داد.

او حتی دوست نداشت بچه‌ها روسی یاد بگیرند. چند بار به نوش‌آفرین گفته بود: «من نمی‌فهمم ما که این‌همه از روس‌ها بدمان می‌آید چرا باید بچه‌هایمان روسـی یاد بگیرند. آنجا مجبور بودیم، اینجا که مجبور نیسـتیم.» و نوش‌آفرین مـی‌گفت: «فارسـی را که دارند یاد می‌گیرند. مدرسه هـم فارسی خواهند خواند، چه بهتر که روسی و ترکی را هم یاد بگیرند. مگر خودت نگفتی دارالفنون بخش زبان روسی و فرانسه دارد. برای آینده‌شان تو این مملکت لازم است.»

منورالدوله هـم همیشه پشتیبان نوش‌آفرین بـود و معتقـد بـود بیشتر توفیق علی‌خـان و بـرادرش در همـین اسـت کـه سـه زبان فارسـی و ترکی و روسـی را می‌دانند.

علی‌خان معمولاً در مقابل هردوی آن‌ها کوتاه می‌آمد.

او در ابتدای ورود نوش‌آفرین، همیشه مضطرب بود که نکند آن دو با هم

نجوشند، اکنون از دوستی آن دو خوشحال بود. حتی وقتی نوش‌آفرین گاهی برای چند روز با رضا به خانه برادر دیگرش ابوالقاسم‌خانِ یاور می‌رفت، منورالدوله دلتنگ‌اش می‌شد. اما نوش‌آفرین دوست داشت که هر چند وقت یک‌بار چند روزی را با ابوالقاسم و همسرش که شانس بچه‌دار شدن نداشتند و رضا را به‌شدت دوست می‌داشتند، بگذراند. اما حسین از آن‌ها دور شده بود، پس از بازگشت از آلاشت، با دختری از اهالی تبریز ازدواج کرده و در آنجا به کشاورزی مشغول بود.

نبات‌خانم و نونوش‌خانم هم در همان ماه‌های اول در آلاشت شایع کرده بودند که نوش‌آفرین و رضا در تبریز و با حسین زندگی می‌کنند. این دو زن، هر پنج‌ـ‌شش ماه یک‌بار، هرگاه که با همسرانشان به تهران می‌آمدند، پنهان از دیگران به دیدن نوش‌آفرین و رضا می‌آمدند و برایشان برنج و یا خوراکی‌های دیگر می‌آوردند.

فصل بیستم

منور و نوش‌آفرین، پوشیده در چادرهایی از ابریشم کبودرنگ، و روبنده‌ای سفید در درشکه‌ای که عبدالله برایشان کرایه کرده بود، نشستند و همان‌گونه که رسم زنان مرفه بود، نوکرشان عبدالله سوار بر قاطر به‌دنبال کالسکه آن‌ها راه افتاد. برای نوش‌آفرین، پس از این‌همه سال زندگی در ایران، همچنان پوشیدن چادر بسیار سخت و سنگین بود. احساس می‌کرد نمی‌تواند زیر چادر به راحتی نفس بکشد.

چـادر و روبنـده و چـاقچور را وقتـی تـازه از تفلیس بـه ایـران آمـده بـود، راحله‌خـانم، همسـر پسرعمـوی پدرش بـرای او آورد. چادر دو قسـمت داشـت: قسمتی که چون کیسه از کمر تا ساق پا را می‌پوشاند؛ و قسمتی که از کمر بالا می‌رفت و چون کیسه‌ی دیگری روی سر می‌افتاد و تا کمر را در خود می‌گرفت. عـلاوه بـر آن، روبنـده‌ای سیاه و یـا پارچـه‌ای از ململ سـفید روی صـورت بـود. ضخامت روبنده‌ها آن‌قدر بود که کسی نمی‌توانست صورت را ببیند، اما می‌شد از زیر روبنده بیرون را دید.

راحله‌خانم همان‌طورکه او را درون کیسه فرو می‌کند و به ترکی استفاده از قسمت‌های مختلف چادر و چیزهای دیگر را به او یاد می‌دهد، می‌گوید:

ـ مراقب باش. اینجا گرجستان نیست که هر جوری لباس بپوشی. چند سال پیش وقتی مادر خدابیامرزت آمده بود اینجا، کلی حرف و سخن دنبال خودش راه انداخت. اینجا مملکت اسلام است. باید هیچ مردی نتواند روی تو را ببیند. چه در خانه، چه بیرون خانه، وگرنه شوهر برایت پیدا نمی‌شود و همه‌ی ما را هم بدنام می‌کنی.

نوش‌آفرین بعدها متوجه شد که برخلاف سخنان راحله‌خانم، او می‌تواند در خانه و حتی نزد برخی از دوستان متجددِ برادرش، چادر و روبنده نداشته باشد. در بابل یا آلاشت هم حجاب زنان این‌همه سخت نبود. بیشترِ زنان، از فقیر و غنی، لباس محلی بلندشان را می‌پوشیدند و صورت و بخشی از موی‌هایشان نیز از زیر روسری توری یا کتانی که آزادانه روی سرشان رها بود، دیده می‌شد. ولی در خیابان‌های تهران هیچ زنی نمی‌توانست چهره بگشاید. همه هم مرتب به او سفارش می‌کردند: «مبادا رویت را در خیابان باز کنی».

با این‌حال، از وقتی که از آلاشت گریخته بود، تهران را دوست می‌داشت. از این‌که می‌توانست همراه با منورالدوله از خانه بیرون برود و بازار و رستوران و یا جاهای دیدنی شهر را ببیند، حس خوبی داشت. تنها مشکل‌اش این بود که نمی‌توانست رضا را با خود به کوچه و بازار ببرد. البته برخی از روزها که همگی به خارج شهر می‌رفتند تا روزی را در باغ‌های اطراف تهران بگذرانند، رضا هم با آن‌ها بود. اما همیشه جایی را انتخاب می‌کردند که دور از رفت‌وآمدهای عمومی باشد.

منورالدوله زنی نبود که مدام در خانه بنشیند. حداقل هفته‌ای یکی‌ـ‌دو بار به بازارهای مختلف سر می‌زد، خرید می‌کرد، یا سفارش می‌داد که چیزهایی را به خانه‌شان بفرستند. در واقع منور همانگونه زندگی می‌کرد که در خانه پدر و مادر ثروتمندش.

پس از ازدواج، او با املاکی که به‌عنوان جهیزیه همراهش شده بود، و هر ماهه برایش پول‌هایی از این‌طرف و آن‌طرف می‌رسید، دست‌اش برای ولخرجی‌هایی که داشت باز بود. علی‌خان هم که عاشق او بود و هیچ مشکلی با اعمال او نداشت. گذشته از آن، ازدواج با منورالدوله سبب شده بود که علاوه‌بر کامران‌میرزای نایب‌السلطنه، با افراد مهم دیگری نیز در ارتباط قرار گیرد. و رفت‌وآمدهایی با بزرگان شهر داشته باشند.

منورالدوله هر چند وقت یک‌بار یک میهمانی می‌داد و همسران افراد سرشناس را به خانه‌شان دعوت می‌کرد. میهمانی‌هایی که اگر مردها هم دعوت می‌شدند، به نام علی‌خان تمام می‌شد. اما یک سالی می‌شد که نه‌تنها او، بلکه هیچ کسی میهمانی نداده بود. قیام شیخ عبیدالله نهری در مهاباد و ارومیه و عصبانیت‌ها و تندی‌های ناشی از نگرانی ناصرالدین‌شاه همه را درگیر کرده بود. تصمیم ناگهانی او مبنی به برکناری سپهسالار از وزارت جنگ و وزارت خارجه، نه‌تنها درباریان، که افرادی را هم که به‌نوعی با درباریان رفت‌وآمدی داشتند و یا در خدمت آن‌ها بودند را مضطرب کرده بود. البته برخی هم نقش انیس‌الدوله را در برکناری سپهسالار، بیشتر از مسائلی می‌دانند که مطرح بود.

علی‌خان در خانه کامران‌میرزا شنیده بود که انیس‌الدوله، سپهسالار را در برگرداندن او از سفر اروپا مقصر می‌داند و تا از کار برکنارش نکند، آرام نخواهد گرفت.

پس از چند سال که از سفر شاه به روسیه می‌گذشت، شایعات مربوط به این سفر در ارتباط با دعوای انیس‌الدوله و سپهسالار همچنان تازه بود. گفته می‌شد وقتی شهردار مسکو شنیده بود که برای اولین‌بار یک ملکه ایرانی به مسکو آمده است، برنامه‌ریزی مفصلی کرده بود و قصد داشت خودش با دسته‌ای گل به این ملکه خوش‌آمد بگوید. انیس‌الدوله از این خبر شادمان شده بود و قصد داشت در آن روز بدون حجاب به این مراسم برود. سپهسالار که از این اقدام باخبر شده

بود، آن را به شاه گزارش داده بود و شاه هم با خواهش و التماس از انیس‌الدوله خواسته بود که به ایران برگردد. سپس برای دلجویی از او، علاوه‌بر هدایایی که از کشورهای خارجی برای او فرستاد، دایره مدیریت او را نیز در کارهای سیاسی گسترش داده بود.

ناصرالدین‌شاه پس از برکناری سپهسالار، بخشی از سمت او را به کامران‌میرزا داد و طی نامه‌ای رسمی که در روزنامه منتشر شد، به او نوشت: «ریاست قشون ایران، همان‌طورکه اعلان کرده بودیم با شخص همایون خودمان است. نظر به اشغال کلی که پیش آمد، شما را که لقب نایب سلطنت دارید در ریاست قشون از جانب خود قرار می‌دهیم».

وزارت امور خارجه را که سال‌ها در دست سپهسالار بود، به میرزا سعیدخان موتمن‌الملک سپرد. این تغییراتِ سریع سبب شده بود که خیلی از بزرگان سیاسی و تجار بزرگ که چسبیده به قدرت سپهسالار بودند، وضعیتی متزلزل پیدا کنند. حتی کامران‌میرزا با این‌که مقام مهمی پیدا کرده بود، اما پست مهم و نان و آب‌آوری را که همراهی با سپهسالار در گرداندن دولت و دربار بود از دست داد. البته شاه درعوض، فرمان مالکیت جنگل‌های مازنداران را برای مدت پنجاه سال به کامران‌میرزا بخشید و از سفارتخانه‌های انگلیس، روسیه و عثمانی خواسته شد که بـرای خریـد و فـروش چـوب و محصـولات جنگل‌هـا بایـد بـه نایب‌السـلطنه مراجعه و از او اجازه بگیرند. این فرمان از نظر مالی (که کامران‌میرزا به‌شدت برایش مهم بود) به نفع او تمام می‌شد.

با ایـن‌حال و در همان ایام، ناگهـان بـا خبـر سـرکوب قیـام شیخ نهـری، و خوشحالی شاه، دوباره جشـن و سرور و میهمانی‌ها شروع شده بود. شاه روی پا بند نبود. این سرکوب که با کمک عثمانی‌ها انجام شده بود، همه جا به‌عنوان «تصـمیمات بـه‌جا و رهبـری خردمندانـه قبله‌عالم» مطرح شده بود و دربار و وابستگان بـه دولت تازه، آن را بـه «تصـمیمات بـه‌جا و راهنمایی‌هـای صحیح

قبله عالم» نسبت می‌دادند. هر کس نیز که به‌نوعی به دربار یا دولت وصل بود، هم به بهانه پیروزی شاه و هم به بهانه روی کار آمدن موتمن‌الملک، که پس از عزل سپهسالار، دوباره به وزارت دوَل خارجه برگزیده شده بود و البته وزیر جنگ شدن کامران‌میرزا، سعی داشتند این خوشحالی را به رخ درباریان بکشند.

میهمانی پنج‌شنبه ۱۵ تیر ۱۲۶۱ در خانه علی‌خان، اما هم برای شرکت در این خوشحالی و هم به افتخار دو تن از اقوام مادری منورالدوله بود که به‌تازگی برای کار در کنسولگری عثمانی از عثمانی به ایران آمده بودند و در مراسم معرفی آن‌ها به وزیر جدید وزارت خارجه، علی‌خان حکیم هم به‌عنوان قوم و خویش سببی منشی اول جدید وزارت امور خارجه عثمانی، حضور داشت.

در تمام طول راه کوتاهی که از خانه علی‌خان تا بازار امین‌الدوله در کالسکه بودنـد، منورالدولـه بـرای نـوش‌آفرین دربـاره مهمانـان تـازه‌ای حـرف مـی‌زد کـه نوش‌آفرین تا به حال آن‌ها را ندیده بود.

او مرتب از مردی به نام «باتور» سخن می‌گفت که همسرش به‌تازگی از او جدا شده و اکنون به‌عنوان منشی اول کنسول دولت عثمانی به ایران آمده بود. نوش‌آفرین احساس می‌کرد که منورالدوله همچنان در فکر پیدا کردن «شوهری خـوب و سرشنـاس» بـرای اوسـت. در پنج سالی کـه نوش‌آفرین نـزد آن‌هـا بـود، او چنـد بـار از خواسـتگارانی بـرای او گفتـه بـود کـه بـه نظرش مناسب مـی‌آمدند. اما نوش‌آفرین از هیچ‌کدام خوشش نیامده بود. منورالدوله البته برخی از خواستگارها را، از جمله خواستگار ثروتمند و سرشناسـی از دوستان بـرادرش کـه مـی‌خواست نـوش‌آفرین را بـه‌عنوان زن دوم بگیـرد، بـدون این‌کـه بـه نوش‌آفرین بگویـد، رد کرده بود.

در آن‌روزهـا بخشـی از زنـان عثمانی بـا اعتـراض بـه مسائلی همچـون چندهمسری و نبود حق طلاق و نداشتن اجازه کار، فعالیت‌هایی را در چند شهر

بزرگ عثمانی شروع کرده بودند. برخی نشریات فارسی زبان چون «روزنامه اختر» و یا کتاب‌ها و بیانیه‌های انجمن‌های تازه تأسیس‌شده زنان ترک که به فارسی ترجمه می‌شد، به ایران می‌رسید و مورد توجه زنانی در حرمسراهای شاه و یا زنان مرفه‌ای که سواد خواندن داشتند، قرار می‌گرفت.

منورالدوله گذشته از آن‌که از زنان مدرن آن‌دوره بود و دوست داشت الگویش زنان غربی باشند، به تبعیت از خانواده مادری‌اش در عثمانی، با چندهمسری مخالف بود.

در واقع یکی از دلایلی که میان خواستگاران بی‌شمارش، علی‌خان را انتخاب کرد، گرجی بودن او بود. او می‌دانست گرجی‌ها به‌دلیل مسیحی بودن و شیوه تربیت‌شان، پذیرای چندهمسری نیستند. حتی آن‌هایی که به ایران می‌آمدند و به‌ناچار مسلمان می‌شدند، کمتر دنبال گرفتن زن دوم و یا صیغه بودند.

نوش‌آفرین اما کمتر به ازدواج فکر می‌کرد. تصویری که از شوهر داشت، هیچ شوری را در او برنمی‌انگیخت. اما این را هم می‌دانست که نمی‌تواند برای همیشه در خانه برادرش زندگی کند و دوست داشت که برای خود و فرزندش خانه و زندگی مستقلی داشته باشد و هربار به یاد خانه و ثروت پسرش می‌افتاد که خانواده پهلوان‌ها آن را ضبط کرده بودند، دلش به درد می‌آمد.

درشکه‌چی منورالدوله و نوش‌آفرین را جلوی بازارچه اتابکیه پیاده کرد. جایی که عبدالله هم بتواند قاطر خود را ببندد و به دنبال آن‌ها به بازار برود.

بازار اتابکیه از ساخته‌های امیرکبیر بود و از آنجا می‌شد به کاروانسرای اتابکیه رفت. کاروانسرای بزرگی که سیصد و سی‌وشش حجره داشت. سرای اتابکیه از یک دالان به بازار کفاش‌ها راه داشت و از دالانی دیگر به بازار خیاط‌ها. بارانداز آن هم با دو دالان بلند به چهار راسته‌ی بازار راه پیدا می‌کرد.

صحن کاروانسرای امیر، با تخته‌سنگ‌هایی بزرگ فرش شده بود و در وسط آن حوضی زیبا با کاشی‌های آبی‌رنگ قرار داشت. دورتادور حوض گلدان‌های گِلی با گل‌هایی رنگارنگ چیده شده بود. کاروانسرا دوطبقه بود و دورتادور طبقه پایین رو به حیاط، غرفه‌هایی دیده می‌شد که همه آن‌ها پنجره‌هایی با چوب‌های مشبک و منبت‌کاری شده داشتند. برخی از غرفه‌ها مواد غذایی و میوه می‌فروختند و یا غذاهایی آماده؛ مثل آش و حلیم برای مسافرانی که از راه می‌رسیدند، تدارک می‌دیدند.

نـوش‌آفرین از مجموعـه‌ی بـازار و کاروانسـرا و مغازه‌هـا در تهران خوشـش می‌آمد و گشت‌وگذار در آنجا را دوست می‌داشت. هر وقت به آنجا می‌رفت، یاد «بازار میدانی» زادگاهش در تفلیس می‌افتاد. بازاری کهـن که از دیرباز در مسیر راه ابریشم بنا شده بود و همچنان زنده و پُررفت‌وآمد بود.

اما بازار تهران از دوران ناصرالدین‌شاه و با کوشش‌های امیرکبیر، تبدیل به بازاری بزرگ شده بود. اولین بار وقتی با منورالدوله به این بازار آمده بود، او برایش قصه‌های زیادی از این بازار گفته بود.

***

اینجا بیشتر مغازه‌هایش متعلق به قبله‌عالم است. نزدیک به صد باب می‌شود. بقیه هم بیشتر مال دوستعلی‌خان معیرالممالک است. خدا رحمت کند امیرکبیر را. بیست‌وپنج ـ شش سال قبل، بیشتر این قسمت‌ها را ساخت. پس از قتل او، برای پاک کردن خاطره‌اش از ذهن مردم، تیمچه‌ها و سراهای دیگری را ساختند، ولی هیچ‌کدام به خوبی ساخته‌های امیرکبیر نشد که نشد.

***

با رسیدن عبدالله، آن‌ها راه افتاده و وارد بازار شدند. عبدالله مثل همه‌ی نوکرها در دو قدمی و پشت‌سرشان حرکت می‌کرد.

زنان زیادی در بازار رفت‌وآمد می‌کردند، در واقع بیشتر مشتریان بازار، زن‌ها

بودند در چادرهایی کتانی، چیت و به‌ندرت ابریشمی، سیاه یا کبود، که خاص زنان مرفه بود. همه‌شان اما به کیسه‌هایی در حال حرکت می‌ماندند.

زن‌ها در مقابل حجره‌های مختلف دو تا دوتا یا چندنفری ایستاده، یا نشسته اجناس مختلف را زیر و رو می‌کردند و با صدایی چون صدای وز وز زنبورها پیرامون کندوهای عسل، با هم حرف می‌زدند.

نوش‌آفرین در این چهارسال گذشته، به خاطر همنشینی با منورالدوله علاوه بر این که زبان فارسی‌اش ـ اگرچه با لهجه ـ بسیار خوب شده بود. در بازارگردی‌ها و از طریق گفته‌های او، با وضعیت مردم تهران نیز آشنایی پیدا کرده بود و حالا دیگر به‌راحتی می‌توانست حتی موقعیت افراد را از نوع لباس پوشیدنشان تشخیص دهد. حالا می‌دانست مردهای مرفه، سیاستمداران، و تجارِ رده اول، قبایی بلند و از جنس فاستونی یا پشمی می‌پوشند، کسبه و پیشه‌وران سرداری به تن می‌کنند. عمده‌فروشان، خرده‌فروشان، حق‌العمل‌کاران، دلالان، واسطه‌ها، انباردارها و باربران به‌ترتیب در مرتبه‌های بعدی قرار می‌گرفتند و نوع لباس و به‌ویژه کلاه‌شان از یکدیگر متفاوت بود.

همه‌ی مردها کلاه داشتند، از کلاه‌های پوستی تا نمدی و مقوایی. اما برخی از کلاه‌های مردهای مرفه، نوش‌آفرین را به خنده می‌انداخت. کلاه این دسته از مردها چون لوله‌ای سیاه و بلند روی سرشان قرار داشت.

یکی دیگر از چیزهایی که در بازار نوش‌آفرین را یاد تفلیس می‌انداخت، عریضه‌نویس‌هایی بودند که در هر گوشه وکنار بر تشکچه‌ای نشسته بودند. میز کوچک کوتاهی مقابلشان بود، با مقداری کاغذ و قلم و دواتی. همیشه دورو بَرشان دو ـ سه نفری در انتظار نوبت بودند تا برای مقامات و یا عزیزانی که در سفر داشتند عریضه یا نامه‌ای بنویسند، و یا از آن‌ها بخواهند نامه‌ای را که برایشان رسیده بخوانند. آن چه او را به شدت آزار می‌داد، انبوه گداهایی بود که در سراسر بازار حضوری دائمی داشتند. گداهایی نابینا، چلاق، دست بریده و

زخمی. برخی‌شان با سماجت جلوی رهگذرانی را که لباسی مرتب داشتند، می‌گرفتند و تا غذایی یا سکه‌ای نمی‌گرفتند رهایشان نمی‌کردند.

مأموران نظمیه هم این‌طرف و آن‌طرف دیده می‌شدند و گاه صدای فریاد آمرانه یکی‌شان به گوش می‌رسید که فریاد می‌زد: «باجی، صداتو ببُر»، یا «باجی، روتو بگیر». این وقتی بود که زنی صدایش کمی شنیده می‌شد و یا اندکی مقنعه را بالا می‌گرفت تا بتواند جنسی را به‌درستی ببیند و با این فریاد، هراسان آن را می‌انداخت.

آن روز اما منورالدوله از بس حرف می‌زد، نوش‌آفرین فرصت فکر کردن و دقیق شدن به اطرافش را نداشت. منورالدوله بی‌توقف درباره میهمانی‌اش حرف می‌زد و به‌سرعت پیش می‌رفت و نوش‌آفرین هم سعی می‌کرد کاملاً همپای و شانه به شانه او راه برود تا بتواند صدایش را بشنود. آن‌ها به‌سرعت از میان جمعیت می‌گذشتند. گاهی عبدالله ناچار بود جلوی آن‌ها برود و راه را برایشان باز کند و گدایان سمج را با سکه‌ای و یا تشری کنار براند.

در بازار کفاش‌ها، منورالدوله مقابل حجره‌ای ایستاد و عبدالله دوان دوان جلو رفت و به دو مردی که در حجره بودند به صدای بلندی سلام کرد. مردها که یکی مویی سفید و ریشی بلند داشت، جابجا شدند و مرد جوان که ته‌ریشی داشت، و سبیلی بزرگ، از جا برخاست. هردو با خوشرویی پاسخ عبدالله را دادند. معمولاً رسم بود نوکرها و یا مردهای خانواده جلوتر وارد حجره‌ها و فروشگاه‌ها شوند، و صاحبان حجره با دیدن مرد یا نوکر خانواده، تشخیص می‌دادند زنی که با او آمده کیست. مرد جوان به سوی دری رفت که به پشت حجره باز می‌شد و پیرمرد از منورالدوله حال و احوال «جناب حکیم علی‌خان» را پرسید. وقتی منورالدوله با صدایی آرام و خفه پاسخ او را می‌داد، نوش‌آفرین با کنجکاوی به اطراف نگاه می‌کرد. یک‌بار دیگر آنجا آمده بود، وقتی که منورالدوله سفارش

کفش‌هایشان را می‌داد. این حجره یکی از دو حجره‌ای بود که در کل بازار کفاش‌ها، کفش‌هایی به شکل کفش‌های اروپایی می‌دوختند.

از وقتی ناصرالدین‌شاه از سفر اروپایی خود بازگشته بود و اصرار داشت که کفش و لباس زنان حرمسرایش را تغییر دهد، شکل و فرم لباس‌های مردم مرفه شهرنشین به‌ویژه زنان نیز تغییر کرده بود. شاهزاده‌ها و زنان اندرونی، مرکز مد شده بودند. مردمان مرفه چشم به دربار داشتند تا آن‌چه را که از پوشش و آرایش اروپایی به آنجا راه پیدا کرده بود را تقلید کنند. سرورالدوله همسر کامران‌میرزا یک‌بار برای منورالدوله گفته بود که «هر مد تازه‌ای که در میان خانم‌های درباری معمول می‌شود، به توصیه و خواست خانم انیس‌الدوله است».

انیس‌الدوله، ملکه غیررسمی ایران، توانسته بود تغییرات زیادی در شیوه لباس پوشیدن زنان حرم ایجاد کند و این تغییرات در زندگی زنان شهرنشین تهران و تبریز و دیگر شهرهای بزرگ اثرگذار بود. او توانسته بود آرایش‌های غلیظی را که زنان را از شکل طبیعی بیرون می‌برد، تغییر دهد و به جایش آرایش‌های ملایمی را که مد روز اروپا بود، همگانی کند. او حتی لباس‌هایی را به سلیقه خود به خیاط‌ها سفارش می‌داد و وقتی می‌پوشید، زنان دیگر از آن الگوبرداری می‌کردند. ظرف یکی‌ـ‌دو سال، چارقدهای ترمه‌دوزی سنگینی که بر سر زن‌های دربار بود، با چارقدهایی لطیفِ توری عوض شد. لباس‌های زمختی که بیشتر شبیه به لباس‌های مردانه بود، تبدیل به لباس‌هایی شد که شباهتی به لباس‌های اروپایی داشت.

او اولین زنی بود که در حرم، کفش اروپایی پوشید. کفشی چرمی با پاشنه‌ای چوبیِ سه سانتی که شاه برای او از پاریس سوغات آورده بود. قبل از آن، زن‌های دربار هم کفش‌هایشان یا از چرمی زمخت و سخت بود، با نوکی تیز و کفی تخت، و یا از پارچه‌ای مخمل با مرواریددوزی یا منجوق‌دوزی.

منورالدوله با آرنج به بازوی نوش‌آفرین که همچنان مشغول تماشای کفش‌های رنگارنگی بود که به دیوار آویزان کرده بودند، زد و یک جفت کفشی را که در دست داشت به سوی او دراز کرد. نوش‌آفرین کفش را از او گرفت و به دقت به آن خیره شد؛ کفشی چرمیِ کرم‌رنگ، با پاشنه‌ای چوبی که گُل پارچه‌ای صورتی‌رنگی روی آن قرار داشت.

***

مادر با حیرت به نوش‌آفرین که تلوتلوخوران در کفش‌های بزرگ و پاشنه‌دار او راه می‌رود، نگاه می‌کند و درحالی‌که دست بر شانه او می‌گذارد می‌گوید:

ـ می‌خوری زمین دختر. این کفش‌ها به درد تو نمی‌خورد.

ـ چرا به درد من نمی‌خورد، پس من کِی می‌توانم از این کفش‌هایی که تو می‌پوشی بپوشم؟

ـ هر وقت پاهایت به اندازه من بزرگ شد، هر وقت یک خانم شدی.

***

منورالدوله سرش را به صورت او نزدیک کرد و به آرامی گفت:

ـ برو پشت اون پرده، بپوش ببین اندازه‌ست؟

نوش‌آفرین از پشت ململ سفیدی که به صورتش بود، نگاهی به منورالدوله انداخت و پرسید:

ـ مطمئنی می‌توانم با آن راه بروم؟

منورالدوله خنده‌ای ریز کرد و او را به سوی پرده ضخیمی که گوشه‌ای از حجره کشیده شده بود، هُل داد.

پشت پرده، اتاقک کوچکی بود با سه صندلی چوبی کوتاه در مقابلِ آینه‌ای بلند.

منورالدوله مقنعه‌اش را کناری زد و با صدایی که به پچ پچ می‌مانست گفت:

ـ اصلاً فکر نمی‌کردم به این خوبی بسازند. عین عکس‌هایی شده که بهشون دادم.

و روبنـده‌اش را برداشت و تَرو فرز کفش‌هـای چرمی سُرمه‌ای‌رنگی کـه بـا بندهایی ابریشمی و سفید تزیین شده بودند را پوشید و درحالی‌که چادرش را بالا گرفته بود، مقابل آینه ایستاد:

ـ چطور است؟

نوش‌آفرین که او نیز مقنعه‌اش را کناری زده و هنوز کفش‌های کرم‌رنگ را در دستانش گرفته بود، نگاهی به او کرد:

ـ خیلی قشنگ‌اند.

منورالدوله به‌تندی به او گفت:

ـ پس چرا ایستادی؟ چرا کفش‌ها را نمی‌پوشی؟

نوش‌آفرین که از شنیدن صدای سلام و علیک عبدالله با مرد دیگری متوجه بیرون اتاق رختکن شده بود، از لای پرده چشمش به مرد جوان خوش‌پوشی افتاد و بلافاصله او را شناخت. یک‌بار دیگر او را چندماه پیش دیده بود، وقتی که برای بردن برادرش نزد کامران‌میرزا که گویا سرمای سختی خورده بود، به خانه‌ی آن‌ها آمده بود.

***

نوش‌آفرین همان‌طور که کنار پنجره اتاقِ رو به حیاط ایستاده و در حال شانه کردن موهایش است، با شنیدن صدای سنبل از راهرویی که اتاق او را به اتاق‌های بیرونی وصل می‌کند، به بیرون می‌آید، و ناگهان با مردی که لباسی نظامی پوشیده رودررو می‌شود. سنبل دستپاچه و نگران تند تند می‌گوید: «جنـاب نایـب‌جعفـر آمده‌انـد جنـاب حکیـم را بیرنـد خـدمت حضرت نایب‌السلطنه... دخترشان جهان‌خانم سرما خورده‌اند...»

چشمان نوش‌آفرین و مرد به‌هم می‌افتد و نگاهشان درهم گره می‌خورد. ثانیه‌ها طولانی‌تر از دقیقه می‌شوند. نایب‌جعفر زودتر چشم از او که با سری بی‌پوشش و موهایی که به دور صورت و گردنش تاب می‌خورند، برمی‌گیرد،

سرش را پایین می‌اندازد و سلامی به او می‌کند. نوش‌آفرین لبخندی می‌زند و برمی‌گردد و با طمأنینه به سوی اتاقش می‌رود. در آنجا تازه متوجه می‌شود که هیچ سرپوشی ندارد.

***

این بار جعفر لباسی غیرنظامی داشت و جوان‌تر به نظر می‌رسید. کت و شلوار ساده‌ی خاکستری‌رنگ خوش‌دوختی به تن داشت و کلاهی کوتاه که کج بر سر گذاشته بود، آنگونه که مردان ادیب و هنرمند تهرانی بر سر می‌گذاشتند. سبیل‌اش برخلاف آن‌روز که برف بر آن نشسته بود، براق و مرتب بود؛ و چشمانش، درست همان چشمان بزرگ و نافذی که گویی خنده‌ای همیشگی در آن موج می‌زد. نوش‌آفرین احساس کرد این بار نیز قلب‌اش چنان می‌کوبد که چند ماه پیش.

وقتی منورالدوله دید او به دقت متوجه بیرون است، برخاست و کنارش رفت و رد نگاه او را گرفت و با دیدن نایب‌جعفر به آرامی گفت:

ـ آچیل‌بیگ!

نوش‌آفرین زمزمه کرد:

ـ آچیل‌بیگ؟! مگر همان نایب‌جعفر نیست که آمده بود داداش را ببرد پیش شازده کامران‌میرزا؟

منورالدوله در گوشش گفت:

ـ بله... اسم اصلی‌اش آچیل‌بیگ است. بچه بود که با پدر و مادرش از قره‌باغ آمدند اینجا. بعدها اسمش را گذاشتند جعفر، ولی هنوز دوست و آشناها آچیل‌بیگ صدایش می‌کنند.

ـ آه...

منورالدوله بازوی او را گرفت و درحالی‌که او را به سوی صندلی می‌کشید گفت:

ـ بیا... کفش‌ها را بپوش...

و با لبخندی افزود:

ـ برای پنج‌شنبه دعوتش کرده‌ام. تارش شنیدنی‌ست. اما معلوم نیست بیاید. بیچاره از وقتی زنش سَرِ زا رفت، جایی نمی‌رود و همیشه توی خودش است.

و به آرامی نوش‌آفرین را به‌سوی صندلی هل داد.

نوش‌آفرین نشست و به‌سرعت چادرش را پس زد و کفش‌ها را پوشید و به منورالدوله که بالای سرش ایستاده بود، نگاه کرد.

ـ خیلی راحت و خوب است.

منورالدوله با لبخندی گفت:

ـ پنجشنبه شب هیچ‌کس کفش‌هایش مثل ما نیست.

وقتی با چادرهای سیاه و روبنده‌هایشان از اتاق کفش‌کن بیرون آمدند، آچیل‌بیگ که کنار عبدالله ایستاده بود، سری خم کرد و به رسم مردان آن‌روزگار که وقتی زنِ آشنایی را در خیابان و یا در حضور دیگران می‌دیدند از او حال شوهرش را می‌پرسیدند، حال حکیم علی‌خان را پرسید.

منورالدوله همانطور که از کنار او می‌گذشت، با همان صدای آرام و خفه گفت:

ـ علی‌خان خوشحال می‌شوند پنج‌شنبه شما را در میهمانی ببیند.

و آچیل سری خم کرد و گفت: خدمت‌شان خواهم رسید.

فصل بیست‌ویکم

منورالدوله یک‌بار دیگر میلِ سرمه را از سرمه‌دان کوچک نقره‌ای بیرون کشید و به‌دقت از میان دو پلک‌اش عبور داد و به آینه نگاه کرد. مردمک عسلی‌رنگ‌اش در میان مژه‌های بلند و سیاه شده‌اش می‌درخشید. لبخندی زد و با دقت میل را در سرمه‌دان گذاشت و سربندِ سفیدرنگی که همه‌ی موهای روشن‌اش را در خود می‌گرفت، زیر گلویش با سنجاقی طلایی محکم کرد. سپس روسری بزرگ حریر آبی‌رنگی را که به پشت صندلی آویزان بود برداشت و روی سرش انداخت و از پشت میز کوچکِ چوبیِ آرایش برخاست و در سوی دیگر اتاق مقابلِ آینه‌ی قدی ایستاد و با رضایت به خود نگریست. پیراهنی از حریر طلایی‌رنگ با دامنی بلند و پُرچین، تمام بدنش را در خود گرفته و تا مچ پایش می‌رسید، درست آنجا که کفش تازه‌ی سُرمه‌ای رنگش پیدا می‌شد. نیم‌تنه‌ی فیروزه‌ای رنگی که روی پیراهن‌اش پوشیده بود، با ترمه‌دوزی یقه و لبه آستین‌ها درخشش زیبایی داشت. چرخی زد و از راهرو کوتاه و سربسته‌ای که اندرونی را به اتاق نوش‌آفرین وصل می‌کرد، گذشت و وارد اتاق او شد. نوش‌آفرین لباس پوشیده و آماده بر تنها صندلی اتاق نشسته بود و رضا با لباس‌هایی نو

و گیوه‌هایی سفید و تمیز در کنار او نشسته و سر بردامن‌اش گذاشته بود و غرغر می‌کرد.

منورالدوله خم شد و بوسه‌ای بر گونه رضا زد و با خنده گفت:

ـ این بچه چرا هنوز اینجاست؟

بعد، قبل از آن‌که پاسخی از نوش‌آفرین بشنود، افزود:

ـ پاشو، پاشو ببینمت. مثل فرشته‌ها شده‌ای.

نوش‌آفرین خم شد، موهای تابدار و سیاه رضا را نوازش کرد و بوسه‌ای بر آن زد و به نرمی او را از خود جدا کرد و از جا برخاست. او نیز لباسی بلند پوشیده بود از حریری آلبالویی‌رنگ با انبوهی از چین‌های ظریف، و جلیقه‌ای کرم‌رنگ که با پولک‌هایی رنگین تزیین شده بود. لباس هردو کارِ خیاط خانگی منورالدوله و مادرش بود. موهای بلند نوش‌آفرین به سبک زنان گرجی بافته شده بود و دنباله‌های آن از زیر روسری حریرش بیرون زده بود. دو گیسویش چون دو زنجیر بلوطی‌رنگِ به سرخی نشسته، کنار پولک‌های رنگین جلیقه، روی پستان‌هایش تاب می‌خوردند. سال‌ها بود موهایش را این‌گونه نبافته بود.

***

شب کریسمس است، جلوی کلیسای *Anchiskhati* جمعیت زیادی ایستاده‌اند و چندتا چندتا با هم در حال گفتگو هستند. همه لباس‌هایی نو و رنگارنگ بر تن دارند. نوش‌آفرین کنار مادرش که مشغول خنده و گفتگو با دوستانش ایستاده است ایستاده، حواس‌اش به آن‌ها نیست و با نگاه، دور و برش را می‌کاود. منتظر است یاکوب بیاید و او را با آرایش تازه گیسوانش ببیند. از مادرش خواسته بود موهایش را این‌گونه، که این روزها دختران نوجوان می‌بافند، یبافد.

***

منورالدوله نگذاشت که ذهن او در کلیسای آنچیسخاتی منتظر یاکوب بماند. دوباره گفت:

ـ واقعاً که مثل فرشته‌ها شدی!

نوش‌آفرین لبخندی زد و فقط مهربانانه به منورالدوله نگریست. او برخلاف منورالدوله آرایش کمی داشت، اما همان اندک سرخی گونه‌ها و لب‌هایش شادابی و طراوت بیشتری به چهره‌اش داده بود و چشم‌های سیاه بادامی‌اش را براق‌تر نشان می‌داد.

رضا که اخم کرده و با لبانی جمع شده به او نگاه می‌کرد، ناگهان به دامن‌اش آویخت و درحالی‌که آن را می‌کشید، دوباره غرغرهای نامفهوم‌اش را شروع کرد. نوش‌آفرین سعی کرد که دامن‌اش را از دست‌های او بیرون بکشد. منورالدوله جلوی درِ مشرف به حیاط رفت و سنبل را صدا زد. هنوز نوش‌آفرین نتوانسته بود دامن‌اش را از دست‌های کوچک رضا آزاد کند که سنبل بدو به اتاق آمد.

ـ این بچه را ببر پیش بی‌بی حمیده و مصطفی.

سنبل زیر لب «چَشم»ی به منورالدوله گفت و به‌سوی رضا رفت و او را از پشت بغل زد و درحالی‌که به ترکی قربان‌صدقه‌اش می‌رفت، او را که همچنان مقاومت می‌کرد، از نوش‌آفرین جدا کرد و از اتاق بیرون برد.

نوش‌آفرین درحالی‌که نفسی عمیق می‌کشید، گفت:

ـ نمی‌دانم امروز چه‌اش شده، بی‌دلیل بدخلقی می‌کند. شاید هم تقصیر من بود که وادارش کردم لباس‌هایش را عوض کند و گیوه نو بپوشد. از این لباس‌ها خیلی بدش می‌آید.

ـ بچه‌ها همین جور هستند. بالا و پایین دارند.

نوش‌آفرین نگاهی به سراپای منورالدوله کرد و گفت:

ـ والله این بچه بیشتروقت‌ها بالاست.

و با خنده‌ای افزود:

ـ خیلی خوشگل شدی منورجان.

منورالدوله لبخندی زد و گفت:

ـ این را به دادشات بگو که از این‌جور آرایش‌ها خوشش نمی‌آید.

و درحالی‌که به حیاط نگاه می‌کرد، گفت:

ـ سرورالدوله پیغـام فرستـاده که ممکـن است دیرتر برسند. ادای این زن و شوهر است! همیشه دیر می‌آیند که همه میهمانان دسته‌جمعی بهشون ادای احترام کنند.

نوش‌آفرین شانه بالا انداخت و به خنده گفت:

ـ شاید رسم شازده‌هاست... خانم سرورالدوله کجا خواهد نشست توی اتاق یا حیاط؟

ـ همیشه می‌نشیند در اتاق. اما گاهی هم ممکن است سری به حیاط بزند. شنیده‌ام تازگی‌ها میهمانی‌های او و منیرالسلطنه بیشتر توی باغ است و زن و مرد نزدیک به هم می‌لولند.

و دستش را پشت نوش‌آفرین گذاشت گفت:

ـ بریم. بهتر است یک‌بار دیگر سری به همه چیز بزنم.

سفرهای ناصرالدین‌شاه به فرنگ، و علاقه و توجـه او به شیوه زنـدگی در غـرب، از یک‌سـو و تلاش‌هـای چنـدتـن از زنـان حرمسـرا، چـون انیس‌الدوله، منیرالسلطنه مادر کامران‌میـرزا، و برخی از زنان و دختران ناصرالدین‌شاه برای تقلید از فرنگی‌ها از سویی دیگر، نه‌تنها تغییرات زیادی در شیوه پوشش زن‌ها و مردهای درباری به‌وجود آورده بود، بلکه میهمانی‌های اشراف و فرنگ‌رفته‌ها و یا تُجّاری را که با غرب در ارتباط بودند نیز بیشتر مختلط شده بود. اگرچه هم وقـت شـام و ناهار و هـم در طـول میهمانی جـدا از هـم می‌نشسـتند. در این میهمانی‌ها برخی از زنان به جای انبوهی لباس و شلوار و چاقچور و چادری کمری، با لباس‌هایی کاملاً پوشیده اما با شال یا روسری‌های بزرگ، و صورت‌هایی باز شرکت می‌کردند. یا اگر چادر داشتند، گردی صورتشان کاملاً دیده می‌شد.

البتـه هـرگاه لازم بـود، بـا همـان روسـری یا چـادر صورتشـان را جـز چشـم‌ها می‌پوشاندند.

در کوچه و خیابان‌های محلات مرفه‌نشین شهر نیز تک‌وتوک زنانی دیده می‌شدند که به جای چادر کمری، چادری سیاه که تا مچ پایشان می‌رسید بر سر داشتند و پیچه‌ای بافته شده از موی دُم‌اسب، بالای پیشانی‌شان بود، که در برخی اوقات بالا می‌زدند و هرگاه لازم می‌دیدند، آن را پایین می‌آوردند.

وقتی نوش‌آفرین و منورالدوله شانه به شانه هم وارد بیرونیِ زنانه شدند، با این‌که یک ساعتی به غروب و آمدن میهمانان مانده بود، همه چیز آماده به نظر می‌رسید. همه‌ی لاله‌ها و شمع‌های اطراف تالار روشن شده بود. در قسمت بالای اتاق، چندین مخده و پشتی رنگین قرار داشت که معمولاً برای میهمانان مهم و یا پیرترها تدارک دیده می‌شد. میان اتاق سفره‌ای با بته‌های جقه‌ای پهن بود که قسمت میانی آن انباشته از آجیل پرورده، شیرینی‌های گوناگون، ظرف‌های بزرگ میوه، و تنگ‌های بلورینِ لبالب از شربت‌های معطر تابستانی بود.

بوی شمع‌ها و عطر شیرینی و شربت‌ها فضا را پر کرده بود. نوش‌آفرین با حیرت و اشتیاق به همه چیز نگاه می‌کرد. او این نوع پذیرایی‌ها را از وقتی با منورالدوله هم‌خانه شده بود، چندبار دیده بود؛ دو ـ سه میهمانی زنانه در خانه برادرش، و چند میهمانی در خانه‌های فامیل یا دوست و آشناهای منورالدوله. البته هیچ‌کدام‌شان به‌اندازه این یکی مفصل نبود. به نظرش دلیل اهمیت این میهمانی حضور شاهزاده کامران‌میرزا و همسرش و میهمانان کنسولگری عثمانی بود.

البته نوش‌آفرین همیشه از رفتن به میهمانی‌هایی که ممکن بود افرادی از سـوادکوه در آن باشـند اجتنـاب مـی‌کـرد. منورالدولـه و علی‌خـان هـم ایـن را می‌دانستند و وقتی حتی قرار بود شخصی از مازندران به دیدن علی‌خان بیاید نوش‌آفرین و رضا از اتاق‌های اندرونی بیرون نمی‌رفتند. منورالدوله این‌بار نیز به

نوش‌آفرین اطمینان داده بود که هیچ کدام از افرادی که در این میهمانی حضور دارند ربطی با خانواده‌ی پدری رضا پیدا نمی‌کنند.

منورالدوله از یک ماه و نیم پیش، مشغول تدارکات این میهمانی بود و مدام با نوش‌آفرین و علی‌خان از آن می‌گفت. طوری که علی‌خان یک‌بار گفت: «خانم کاری نکن که موجب حسادت تنگ‌نظران شود و کار دستمان دهد».

منورالدوله و نوش‌آفرین، از اتاق اولی که ویژه زنان بود، به اتاق دومی که برای مردها بود، رفتند. این دو اتاق بزرگ با یک درِ باریکِ بلند و پرده مخمل زرشکی‌رنگی، که به رنگ مبلمان اتاق‌های بیرونی بود، از هم جدا می‌شد. آنجا نیز همه چیز آراسته و آماده شده بود. همه چیز درست چون قسمت زن‌ها، با یک تفاوت که در گوشه‌ای از اتاق بر میز چوبی کوتاه و مستطیل‌شکل، شیشه‌هایی از انواع مشروبات الکلی قرار داشت؛ از می ناب اصفهان گرفته تا شراب خلر شیراز، از عرق اردبیل تا مشروبات از فرنگ آمده.

شـراب‌ها در بطری‌هایی بلورین بودنـد و در کنارشـان بطری‌هایی از کنیـاک بـردو، رام، و برنـدی که نوشته‌های روی بطری‌ها به لاتین بـود. همه دربسته و دست‌نخورده.

چند سالی بود که ورود این مشروبات الکلی از کشورهای اروپایی به ایران زیاد شـده بـود و تقریباً در خانه‌ی بیشتر اشـراف و ثروتمندان دیـده مـی‌شـد. به‌طورکلی، ایرانی‌ها از دوران باستانی علاقه زیادی به نوشیدن مشروبات الکلی به‌ویژه در میهمانی‌هایشان داشتند و با آن‌که پس از آمدنِ اسلام، نوشیدن الکل حـرام اعلام شده بـود و خـوردن آن شلاق و گاه زنـدان و حتی مـرگ به‌دنبال داشـت، بـاز هـم برخـی در خفـا مـی‌نوشیدند. البته در دوران قاجار نوشیدن مشروبات الکلی فقط خاص مردها بود و به‌ندرت زنانی بودند که در خفا و یا تنهایی، به مشروبات همسران‌شان دستبرد می‌زدند.

منورالدوله در حال جابه‌جا کردن لیوان‌های کریستیال بود و نوش‌آفرین تکیه

داده به دیوار، به کارهای او می‌نگریست که علی‌خان وارد شد و با دیدن آن‌ها کنار میز مشروبات الکلی، با خنده‌ی بلند و لحنی طنزآمیز گفت:

ـ شماها از حالا شروع کرده‌اید به عرق‌خوری؟

هر دو به سوی او برگشتند. علی‌خان ابتدا با نگاهی حیرت‌زده به سر و صورت و لباس آن‌ها نگریست و سپس با صدایی بلند گفت:

ـ به‌به، به‌به، چه خانم‌های زیبایی....

بعد به‌سوی آن‌ها رفت، ابتدا دست دور کمر منورالدوله انداخت و بوسه‌ای از گونه‌اش برداشت و سپس همانگونه که دست بر کمر او داشت، خم شد و بر پیشانی نوش‌آفرین بوسه‌ای زد. نوش‌آفرین مشتاقانه به برادرش می‌نگریست. رفتار او با منورالدوله درست مانندِ رفتار پدر و مادرش بود.

آن‌ها بیشتر اوقات، رفتاری محترمانه و سرشار از مهربانی با هم داشتند، تنها گاهی که بگو‌مگویی بین‌شان پیش می‌آمد، مانندِ وقتی بـود که پدرش می‌خواست ثابت کند گرجستان در گذشته‌های دور، جزو ایران بوده است. آن‌وقت مادرش با عصبانیت می‌گفت که: «گرجستان همیشه گرجستان بوده، شما آن را مدتی از ما گرفتید». پدرش هم همیشه به شوخی می‌گفت: «بله درست می‌گویی، همانطورکه من تو را گرفتم».

نـوش‌آفرین فکـر مـی‌کـرد علی‌خـان در سـرداری، یشمی‌رنگ و کـلاه بلنـد و خاکی‌رنگش، بلندتر و جذاب‌تر از همیشه به‌نظر می‌آید. می‌دانست که این لباس‌ها نیز به سلیقه منورالدوله تهیه شده است.

ـ به‌به! به شما داداش... باید قدر منورالدوله را بیشتر بدانید.

علی‌خـان خواست دوبـاره منورالدوله را ببوسد، اما او چـون گربـه‌ای نازآلود خودش را از میان دستان علی‌خان بیرون کشید و با خنده‌ای گفت:

ـ کار داریم آقا! کار داریم... بریم ببینیم حیاط چه وضعی دارد.

قبل از این‌که علی‌خان کفش‌هایش را که جلوی در بیرون آورده بود، به پا کند، به منورالدوله گفت:

ـ یادم رفت دیشب بگویم آچیل‌بیگ گفته است می‌آید، تارش را هم می‌آورد. باید بفرمایید جایی جدا از مطرب‌ها در حیاط برایش در نظر بگیرند. دوست ندارد با دیگران بزند.

چهره منورالدوله با خنده‌ای گشوده شد:

ـ خیلی خوب شد... حق دارد، هرچه باشد او شاگرد عبدالله‌خان است.

و به دنبال علی‌خان از در بیرون رفت:

ـ ترتیب‌اش را می‌دهم. نگران نباشید.

و درحالی‌که با نوش‌آفرین از پله‌ها پایین می‌رفتند، تندتند برای او درباره استاد عبدالله‌خان و اهمیتی که او نزد شاه و نایب‌السلطنه داشت حرف می‌زد.

در آن‌زمان میرزا عبدالله‌خان که فرزند آقا حسینقلی فراهانی، موسیقیدان سرشناس دربار ناصرالدین‌شاه بود، خود نیز به‌عنوان موسیقیدان، قدر و منزلتی داشت. او کلاس درسی در محله امامزاده یحیی راه انداخته بود و جوانان متجدد و علاقمند به موسیقی، دور و برش جمع شده بودند. عبدالله‌خان مورد توجه خاص نایب‌السلطنه بود. کامران‌میرزا هم چون پدرش به موسیقی علاقمند بود، به هر بهانه و مناسبتی میهمانی می‌گرفت و موسیقیدانان و آوازخوانان مشهور را هم دعوت می‌کرد.

منورالدوله که برای رساندن اطلاعات خود به نزدیکانش لحظه‌ای آرام نداشت. همان‌طور که داشت در حیاط این‌طرف و آن‌طرف می‌رفت و دستورهایی به مبارک و سنبل برای جابه‌جایی مخده‌ها می‌داد و کارها را راست‌وریس می‌کرد، برای نوش‌آفرین تعریف می‌کرد که آچیل‌بیگ به توصیه علی‌خان، پیشکار کامران‌میرزا، به کلاس عبدالله‌خان راه پیدا کرده و تار زن ماهری شده است، و برای او توضیح می‌داد که چرا در ایران این نوع موسیقیدان‌ها، قاطی مطرب‌ها نمی‌شوند.

چند سالی بود که به دلیل توجه و علاقه ناصرالدین‌شاه به شعر و موسیقی، هنر رها شده‌ی ایران دوباره داشت سر و سامانی می‌گرفت و علاوه بر مطرب‌ها که کارشان فقط بزن و بکوب بود و در جشن‌ها و عروسی‌ها شرکت می‌کردند، دوباره موسیقیدان‌هایی پیدایشان شده بود که سازهایی را به‌صورت روشمند و باقاعده و اصولی می‌ساختند و می‌نواختند که گفته می‌شد در دوران باستان وجود داشته و در دوران صفویه، با شیوعِ تشیع در ایران، چون شعر و ادبیات فارسی گرفتار پسرفت شده بود.

وقتی حکیم علی‌خان همانطور که رسم بود، برای تار زدن «نایب جعفر»، از کامران‌میرزا اجازه گرفت، شام تازه تمام شده بود، و مبارک و سنبل و دو کنیز و غلامی که از خانه پدری منورالدوله برای کمک آمده بودند، سفره‌ها را از غذا خالی کرده و دوباره با ظروف شیرینی و میوه پُر کرده بودند. مطرب‌ها که در تمام غروب و وقت شام خوردنِ میهمانان نواخته و خوانده بودند، اکنون بر سفره‌ای که در زیرزمین برایشان پهن شده بود، همراه با خدمه مشغول خوردن شامی بودند که از مقابل میهمانان زیاد آمده بود. میهمانان اما با شکم‌هایی انباشته از بوقلمون و مرغ و ماهی و کباب و انواع خورش‌ها، به مخده‌ها لم داده بودند و به نوشیدن چای و کشیدن قلیان‌هایی که دست به دست می‌گشت، مشغول بودند. زن‌ها همچنان در اتاق بودند. مردها اما برخی‌شان که پیرتر بودند، در اتاق دور منقلی انباشته از زغال‌های افروخته نشسته و با کلماتی مستهجن با هم شوخی می‌کردند و می‌خندیدند و با چشم‌هایی خمار، منتظر بودند نوبت‌شان برسد و ساقی وافور را بر دهانشان بگذارد. مردهای جوان‌تر اما در دو سوی حیاط بر مخده‌های رنگین نشسته و چپق می‌کشیدند و همچنان گیلاس‌هایشان از مشروبات الکلی پر و خالی می‌شد. صدای گفتگو و خنده‌های زنان گاه از پنج‌دری‌های گشوده به حیاط می‌دوید و بر لبان مردها، لبخند شیطنتی می‌نشاند.

در بخش شمالی حیاط که درست روبروی چهاردری‌های تالارهای بیرونی خانه بود، دو تخت چوبی که قالیچه‌هایی رنگین آن را پوشانده بود، در کنار ردیفی از باغچه‌های سه‌ضلعی و چهارضلعیِ انباشته از گل‌های زنبق، داودی، بستان افروز، بنقشه و سنبل قرار داشتند. روی یکی از تخت‌ها شاهزاده کامران‌میرزا نشسته بود. جثـه‌ای کوچـک و چهـره‌ای مطبـوع داشـت، بـا چشـمانی درشـت و ابروانـی به‌هم‌پیوسته به‌سان پدرش. ریش کاملاً تراشیده و سبیل‌های آرایش داده‌اش که از دو طرف لب‌هایش پایین‌تر آمده بود، از آرایش‌های متداول روزِ مردهای درباری بود. لباس‌هایش پُرزرق‌وبرق و سنگین بود و در نور فانوس‌هایی که از درخت‌های گردو و توت آویزان بود برق می‌زد. ضرغام‌السلطنه تاجر، بـرادر منورالدوله، کنارش نشسته و با دقت و احترام به حرف‌های نایب‌السلطنه گوش می‌داد. بر همان تختی که کامران‌میرزا نشسته بود، علی‌خان و دو مردی که بـرای کار در کنسولگری عثمانی، تازه از عثمانی آمده بودنـد نیز نشسته و همگی بـه زبان ترکی صحبت می‌کردند. بر تختی دیگر که چسبیده به این تخت بود، آچیل‌بیگ در کنار خواننده درجه اول زمانه خود، علی‌خان نایب‌السلطنه، در حال کوک کردن تارش بود. مردی با صدایی شش‌دانگ و رسا و پُرطنین و تحریر. او در ماه‌های رمضان در مراسمی که منیرالسلطنه بـرپا مـی‌کرد، مناجات می‌خواند، و در مراسم خصوصی خانه کامران‌میرزا آواز می‌خواند و نی می‌نواخت و در مجالس و محافل دیگر به‌عنوان پیشکار کامران‌میرزا ظاهر می‌شد، بدون آن‌که بخواند یا بنوازد. در کنار علی‌خان نیز دو تن از معلمین دارالفنون تازه از فرنگ بازگشته نشسته بودند.

آچیل پیراهنی یقه بلند از ابریشم سفید بر تن داشت با کت نازک ابریشمین بلند سُرمه‌ای و کلاهی کبودرنگ و کوتاه. صورتش از شرابی که تمام شب نوشیده بود، گل انداخته بود و زمزمه‌ای غیرقابل شنیدن از لبانش می‌گذشت. در طول شب چندبار به بهانه هواخوری از اتاق بیرون آمده و با نگاهی محتاط به دنبال نوش‌آفرین گشته بود.

غروب در بدو ورود به خانه حکیم علی‌خان، نوش‌آفرین را دیده بود که در حیاط ایستاده و با مادر منورالدوله و مرد بلندقامت خوش‌پوشی صحبت می‌کردند. مردی که همان‌شب دریافت «ناتوربیگ» از اعضای تازه کنسولگری عثمانی‌ست. زن‌ها هر دو صورت‌هایی بدون حجاب داشتند و به ترکی صحبت می‌کردند. نگاه نوش‌آفرین و آچیل در یک‌لحظه دوباره به‌هم گره خورد. لبخندی که یک لحظه از لبان سرخ نوش‌آفرین گذشت، دل او را لرزانده بود. این دومین بار بود که صورت او را بدون پوشش می‌دید و دومین بار بود که قلبش مجنون‌وار، بر سینه‌اش می‌کوبید.

تارش که کوک شد، دوزانو نشست و کاسه تار را روی زانویش جابه‌جا کرد. سپس سرش را بالا گرفت و خطاب به علی‌خان گفت:

ـ اجازه می‌فرمایید؟

و علی‌خان نایب‌السلطنه که همیشه مشوق اهالی موسیقی به‌ویژه جوان‌ها بود، دستی به تأیید بر پشت او زد.

آچیل، اولین زخمه را که بر تار زد، کامران‌میرزا سر برگرداند و لبخندی زد و درحالی‌که گیلاس شرابش را بلند می‌کرد به مخده تکیه داد. دیگران به تبعیت از او همه آرام شدند.

صدای ساز که فضا را پُر کرد، کم‌کم صداهای خنده و گفتگوهایی که از اتاق زنان می‌آمد، کوتاه شد. چند زن جوان با نوک پا از پله‌هایی که حیاط را به بیرونی قسمت زنان وصل می‌کرد، پایین آمدند. دو تایشان چادر به سر داشتند اما صورت‌هایشان باز بود و سه تای دیگر لباس‌های بلند و پوشیده و روسری و رویی بدون پوشش داشتند. به آرامی بر قالیچه‌هایی که در زیر پله‌ها برای زن‌ها انداخته بودند نشستند. در اتاق زنان اما منورالدوله، مادرش و چند نفری در اطراف سرورالدوله نشسته و او برایشان از قهر و آشتی‌های زنان دربار که از مادرشوهرش شنیده بود و تصمیم‌های تازه انیس‌الدوله در ارتباط با تغییرات

بیشتر در لباس‌های زنانِ دربار می‌گفت. زنان با کنجکاوی متوجه او بودند و توجهی به بیرون و صدای تار که به‌سختی به اتاق می‌رسید نداشتند. نوش‌آفرین که دورتر از زنان دیگر به سرورالدوله بود، به آرامی از جا برخاست و از راهروهایی که اتاق‌های بیرونی در آن بود، به اتاق خودش رفت تا به رضا که سنبل گفته بود ساعتی پیش خوابیده، سر بزند. برخلاف انتظارش رضا در رختخوابش نبود. با نگرانی به دور و برش نگاهی کرد. در تاریک‌روشن شمعدانی کوچکی که بالای طاقچه بود رضا را دید، پشت یکی از چهاردری‌های بسته‌ی رو به حیاط بر زانوی سنبل نشسته و از پشت شیشه به بیرون خیره شده است. نوش‌آفرین که کنارشان زانو زد، تازه متوجه او شدند.

ـ چرا اینجا نشسته‌اید؟

سنبل با ناراحتی گفت:

ـ آمدم به رضا سر بزنم، دیدم بیدار شده و آمده اینجا نشسته. هرچه می‌کنم نمی‌خواهد بخوابد و می‌گوید می‌خواهد تماشا کند.

رضا سرش را به سوی او گرداند و گفت:

ـ می‌خواهم تماشا کنم.

نوش‌آفرین سرش را بر صورت او گذاشت:

ـ خوابت نمی‌آید؟

ـ چرا خوابم می‌آید، اما می‌خواهم تماشا کنم. تو هم بنشین اینجا و تماشا کن.

ـ من نمی‌توانم، میهمان داریم. سنبل پیش تو می‌نشیند با هم تماشا کنید.

سنبل سرش را به تأیید تکان داد.

نوش‌آفرین به جای بازگشت به اتاق زنان، از پله‌ها پایین رفت، نزدیک به قالیچه‌ای که زنان بر آن نشسته بودند، بر لبه‌ی پاگرد پلکانی که به زیرزمین می‌رفت نشست.

جایی که زن‌ها نشسته بودند، به عمد نور کمی داشت. اما تخت‌هایی که

مردها بر آن نشسته بودند، زیر نور فانوس‌ها کاملاً روشن و قابل دید بود. آچیل درست روبروی او، روی دو زانو نشسته و تار را چون کودکی در آغوش گرفته بود و با هر زخمه‌ای که بر آن می‌زد، سرش حرکت‌هایی زیبا و موزون داشت.

علی‌خان و چند جوان دیگر در اطراف آچیل نشسته بودند، اما نوش‌آفرین فقط آچیل را می‌دید. نمی‌توانست از نگاه کردن به او دست بکشد. موسیقی ایرانی هنوز برای او زیاد آشنا نبود، اما صدای تار را دوست می‌داشت زیرا او را به یاد صدای تارهایی می‌انداخت که در گرجستان می‌شنید.

در فاصله‌ی تنفسی که آچیل برای زدن تارش گرفت و تشویق‌های علی‌خان نایب‌السلطنه و تکان دادن‌های سر کامران‌میرزا به تأیید، آچیل بارها سرش را به رسم سپاس خم کرد.

وقتی که دوباره همه حواس‌شان به گفتن و نوشیدن و خوردن جلب شد، آچیل کلاه را بر سرش مرتب کرد، ساز را در کنارش گذاشت و لیوان شرابش را برداشت و سرش را اندکی بالا برد. درست روبرویش، نوش‌آفرین بر لبه‌ی پله‌ای نشسته بود. مدتی پیش او را دیده بود و در بین زن‌های دیگر، او را از برق چشمانش و برق پولک‌های جلیقه صورتی‌رنگش تشخیص داده بود. جرعه‌ای از شرابش را نوشید. سپس در گوش علی‌خانِ پیشکار چیزی گفت و او با محبت و لبخند سرش را به تأیید تکان داد. لحظاتی به پچ‌پچ گذشت و دوباره کامران‌میرزا سری به تأیید تکان داد و به مخده تکیه داد.

نگاه نوش‌آفرین همچنان به آچیل بود، و همه‌ی حرکت‌هایش را دنبال می‌کرد. ناگهان چشمان تیز و هوشیار آچیل لحظه‌ای به نوش‌آفرین خیره شد و در همان حال سازش را بلند کرد و دوباره آن را در آغوش گرفت و شروع به نواختن آهنگی کرد که تازه علی‌اکبرخان شیدا، شاعر و آهنگساز معروف، آن را خوانده بود. هیچ‌کسی جز علی‌خان نایب‌السلطنه نمی‌دانست و انتظار نداشت که آچیل‌بیگ خودش با این آهنگ بخواند...

«آن زلف سرکجَت

همه چین چین شکن‌شکن

همه چین چین شکن‌شکن

مویت برای بستن دل‌ها رسن‌رسن

همه دل‌ها رسن‌رسن

گیسو فشانده بر سر دوش و نهان شدی

چون یاس نورَسی گل خندان به زیر بَر

هر دَم رمیده‌ای چو یکی کبک و بی‌تو من»

هیاهویی در خانه پیچید و زنان، پنج دری‌های اتاق بیرونی را گشوده و رو به حیاط نشستند.

منورالدوله یک صندلی برای سرورالدوله کنار پنجره گذاشت و سپس به تندی از پله‌ها پایین آمد و کنار نوش‌آفرین نشست. دستش را روی دست او گذاشت، دستی تب کرده و داغ. به آرامی گفت:

ـ کجا بودی.

نوش‌آفرین هیچ نگفت. همچنان خیره به آچیل می‌نگریست. حس می‌کرد در قلبش آتشی روشن شده که اگر دهان باز کند شعله‌هایش همه‌جا را به آتش می‌کشد. انگار که بازگشته بود به دوران سیزده ـ چهارده سالگی‌اش، وقتی که یاکوب را تماشا می‌کرد.

آچیل همچنان می‌خواند:

«گیسو فشانده بر سر دوش و نهان شدی

چون یاس نورسی گل خندان به زیر بر

هر دَم رمیده‌ای چو یکی کبک و بی‌تو من

وآن زلف سرکجت

همه چین‌چین شکن‌شکن

مویت برای بستن دل‌ها رسن‌رسن».

فصل بیست و دوم

منورالدوله با شنیدن صدای گفتگویی از خواب پرید. از دو پنجره بلند اُرسی، انوار رنگارنگ بر اتاق می‌تابید و نوید صبح شنبه هفدهم تیر ۱۲۶۱ را می‌داد. صدا از حیاط بود. به نرمی از رختخواب بیرون خزید. هنوز لذت و گرمای عشقبازی‌های شب گذشته در جانش جریان داشت. دو روز گذشته از روزهای خوش زندگی‌اش بود: پنج‌شنبه میهمانی موفق‌اش؛ جمعه، نامه تشکر کامران‌میرزا و همسرش «برای میهمانی بسیار خوب‌شان» و این‌که «به‌زودی علی‌خان را برای دیدن دوره‌ای پزشکی به آلمان خواهند فرستاد تا رسماً به جمع پزشکان دربار درآید»، بخشی از آرزوها و بلندپروازی‌های تمام‌نشدنی او را سراب کرده بود.

به آرامی پنجره را اندکی گشود و به‌دنبال صدا، عبدالله را دید که با یکی از نوکران کامران‌میرزا گفتگو می‌کند. نگران شد، هیچ‌وقت ندیده بود که جز در مواقع بیماری نایب‌السلطنه، صبح به این زودی به سراغ علی‌خان بیایند. رفت بالای سر شوهرش. او چون کودکی در خوابی عمیق بود. به نظرش آمد که هنوز اثر مستی‌های دو شب گذشته با اوست.

خم شد و صورت علی‌خان را نوازش کرد. علی‌خان لای چشمانش را باز کرد و به او لبخند زد.

منورالدوله به آرامی گفت:

ـ نوکر شازده توی حیاط است.

علی‌خان لحظه‌ای مات به او نگاه کرد و سپس به‌سرعت برخاست و دستی به موهایش کشید.

منورالدوله از گوشه اتاق کلاه و قبای او را برداشت و به دستش داد.

علی‌خان از در که بیرون رفت، بی‌بی‌حمیده، تَر و فرز وارد اتاق شد، گویی که پشت در منتظر ایستاده باشد. قبل از آن‌که منورالدوله پرسشی بکند، گفت:

ـ نوش‌آفرین خانم گفتند نوکر شازده اینجاست و خواستند شما را بیدار کنم. مدتی‌ست که پشت در ایستاده‌ام اما راستش دلم نیامد...

منورالدوله به‌سرعت لباس پوشید و به سوی اتاق نوش‌آفرین رفت.

نوش‌آفرین که به دلیل سحرخیزیِ رضا همیشه زودتر از همه‌ی خانواده بیدار مـی‌شـد، مرتـب و لبـاس پوشـیده در حـال غـذا دادن بـه رضا و مصـطفی بـود. منورالدوله کنار بچه‌ها زانو زد:

ـ چی شده ؟

ـ سنبل می‌گفت نوکر شازده آمده تا آقا را ببرد.

ـ چی شده؟ مریضه؟

ـ نه! انگار در عثمانی خبرهایی شده.

منورالدوله کـه معمـولاً در رویارویی بـا مسـائل غیرعـادی واکنش‌های تنـدی داشت، وحشت‌زده از جا پرید و به سوی در دوید. نوش‌آفرین متوقف‌اش کرد و با آرامش همیشگی‌اش گفت:

ـ کجا می‌روی منور جان؟ مگر داداش پایین نیست؟

منورالدوله برگشت و روبروی او ایستاد. و نوش‌آفرین ادامه داد:

ـ تو برای چه می‌روی؟ آرام بگیر. بنشین و چیزی بخور.

منورالدوله برگشت و با تردید بر سر سفره‌ی صبحانه خانوادگی که دو سالی بود هر روز در اتاق نوش‌آفرین پهن می‌شد، نشست و گفت:

ـ بی‌خود نیست مدتیه دلم شور می‌زند.

قبل از آن که جوابی از نوش‌آفرین بگیرد، علی‌خان وارد اتاق شد. منورالدوله دوباره از جا جست و با صدای بلندی گفت:

ـ چی شده.

علی‌خان می‌دانست که او نگران خاله‌هایش در قونیه است و درحالی‌که او را می‌نشاند، به آرامی گفت:

ـ قونیه خبری نیست. در واقع هیچ کجا خبری نیست. می‌گویند کشتی‌های انگلیس در اطراف قبرس مانوری دارند. ممکن است خوابِ تازه‌ای برای عثمانی‌ها دیده‌اند. شازده، کالسکه فرستاده و می‌خواهد سراغ میهمانان تازه سفارت بروم و بهشان بگویم که هر چه بشود در اینجا امنیت دارند.

منورالدوله نفسی عمیق کشید و به پشتی تکیه داد. می‌دانست مهمانان سفارت در خانه پدرش هستند، گفت:

ـ من هم با شما می‌آیم. حتماً مادرم خیلی نگران است.

نوش‌آفرین درحالی‌که صورت رضا را با دستمال پاک می‌کرد، به سنبل جلوی در ورودی اتاق ایستاده بود گفت که برای منورالدوله و علی‌خان چای تازه بیاورد.

منورالدوله گویی که چیزی را به یاد بیاورد، سری تکان داد و به نوش‌آفرین گفت:

ـ خیلی بد شد! می‌دانم نونوش‌خانم برای دیدن تو و رضا می‌آید، اما خیلی بد است که ما اینجا نیستیم. می‌خواستم این دفعه به زور هم که شده او را برای ناهار نگه دارم.

نوش‌آفرین بلافاصله جواب داد:

ـ اصلاً بد نیست. خودت را ناراحت نکن. تازه قرار است امروز یکی‌ـ‌دو ساعتی بیشتر اینجا نباشند. قصدشان این است که سری به خاک عباسعلی‌خان بزنند.

علی‌خان که در عوالم خودش بود، مثل هر بامداد، مصطفی و رضا را روی زانوانش گرفت و پس از بوسیدن آن‌ها گفت:

ـ چندی پیش، وقتی انگلیس‌ها قبرس را گرفتند، موتمن‌الملک می‌گفت دیگر محال است که انگلیس‌ها دست از آنجا بردارند. تازه پایگاهی می‌شود برایشان که به جاهای دیگری هم دست‌اندازی کنند.

نوش‌آفرین خیره به برادرش نگریست و به آرامی گفت:

ـ هرچه باشد از روس‌ها بدتر نیستند.

ـ بله. ولی جنگ، جنگ است. هیچ کدام‌شان پس از جنگ مهربان نیستند. مگر همین ایرانی‌ها وقتی قدرت داشتند، دمار از روزگار گرجستان درنیاوردند؟ فعلاً همه بند کرده‌اند به عثمانی این سه‌ـ‌چهار سال گذشته؛ اول روس‌ها حمله کردند و تا کنار دریای مرمره هم رفتند، بعد فرانسوی‌ها و بعد هم انگلیس‌ها. البته دیشب باتوربیگ می‌گفت سلطان عبدالحمید برای مقابله با غربی‌ها طرح یک جامعه اسلامی را برای قوی‌تر کردن عثمانی پیاده کرده و توانسته بود پشتیبانی افراد سرشناسی را از مصر و سوریه و لیبی هم به‌دست آورد.

منورالدوله تا صحبت از خلیفه عبدالحمید شد، چهره درهم کشید و گفت:

ـ هرچه پدر خدابیامرزش پیشرفته بود، خودش عقب‌مانده است. برادرم می‌گفت خلیفه با این کارها امپراتوری را به باد خواهد داد.

و سپس درحالی‌که دست بر شانه علی‌خان گذاشته بود گفت:

ـ باید زودتر آماده شویم آقا.

خانواده منورالدوله با این‌که نسبتی با سلطان عبدالمجید یکم، پدر سلطان عبدالحمید دوم داشتند، اما مانندِ بسیاری از مردمان تحصیلکرده عثمانی، میانه‌ای با عبدالحمید که به شدت مذهبی بود، نداشتند. او همه‌ی دستاوردهای پدرش را که جنبش‌های ملی‌گرایی را تقویت کرده بود و با قدرت‌های بزرگ اروپا

ارتباط و همکاری نزدیک پیدا کرده بود، هدر داد. با این‌که تغییـرات مثبـت چشم‌گیری به‌ویژه در بخش‌های قضایی و شهرسازی کشور داده بود، اما به دلیل تعصبات شدید مذهبی، مورد علاقه‌ی طبقاتی، از جمله جوانان و زنان و افرادی که می‌خواستند از نظر فرهنگی به غرب نزدیک شوند، نبود.

همان روزها بود که وقتی او فهمید قادر نیست جلوی ورود غرب را، هم در زمینه‌های نظامی و هم فرهنگی بگیرد، با استفاده از مقام «خلافت» خود، طرح یک «جامعه اسلامی» را ریخت و توانست با شعارهایی فریبنده و انسان‌دوستانه از شخصیت‌های مشهوری چون مصطفی کامل، سیدجمال‌الدین اسدآبادی، ابوالهدی و دیگرانی از لیبی و مصر و حتی سیبری دعوت کند که به این جامعه بپیوندند و با همین‌کار تا اندازه‌ای موفق شـد که هـم شورش‌ها را علیه خـود خاموش کند و هم جلوی پیشروی بیشتر کشورهای اروپایی را بگیرد.

فصل بیست و سوم

نوش‌آفرین مثل همیشه که در انتظار آمدن دوست و فامیلی بود، پشت یکی از دو پنجره‌ی مشبک اتاق بیرونی رو به خیابان ناصریه نشسته بود. رضا نیز رو به خیابان کنارش نشسته و به او تکیه داده بود.

خیابان ناصریه در صبح شنبه هفدهم تیرماه ۱۲۶۱ شلوغ‌تر به‌نظر می‌رسید. در همین چندسالی که نوش‌آفرین به خانه برادر بازگشته بود، این خیابان و محله‌های پیرامون آن، سر و شکلی متفاوت به‌خود گرفته بود. شاه پس از سفر اروپا، به شدت علاقمند به تغییرشکل دادن برخی از خیابان‌ها به‌ویژه خیابان ناصریه شده بود و برای این تغییرات، امین‌حضور را که قبلاً پیشخدمت مخصوص او بود، مسئول زیباسازی خیابان ناصریه کرد. امین‌حضور هم به سرعت دست‌به‌کار شد و با کاشتن درخت‌های چنار و نارون در دو طرف خیابان و جاری کردن آب در جوی‌هایی برای سیراب کردن آن‌ها، به این خیابان زیبایی تازه‌ای بخشیده بود. خانه آن‌ها تقریباً نزدیک به مدرسه دارالفنون بود و صبح‌ها بخشی از کسانی که از مقابل خانه آن‌ها رد می‌شدند، نوجوان یا جوان بودند. جوانانی خوش‌لباس و تر و تمیز.

نوش‌آفرین هر بار که به این جوان‌ها نگاه می‌کرد آرزو می‌کرد که روزی رضا بتواند چون آن‌ها به مدرسه برود.

رضا با بی‌حوصلگی تکانی خورد:

ـ کِی می‌آیند؟

ـ بهت که گفتم ساعت ۹.

ـ نبات خانم هم می‌آید؟

ـ نه، فقط نونوش‌خانم و کافیه می‌آیند.

ـ نونوش‌خانم هم خواهر من است؟

ـ نه، نونوش دخترعموی تو است.

ـ چرا همه فامیلِ پدر من آلاشت هستند؟

ـ آنها آنجا به دنیا آمده و بزرگ شده‌اند. کار و زندگی‌شان آنجاست.

ـ اگر پدرم زنده بود ما هم آنجا بودیم؟

ـ فکر نمی‌کنم. من همیشه در شهر زندگی کرده‌ام و زندگی در شهر را دوست دارم. دلم می‌خواست تو هم در شهری بزرگ زندگی کنی، درس بخوانی و برای خودت کاره‌ای بشوی مثل دایی علی‌خان.

ـ دلت برای تفلیس تنگ می‌شود؟

ـ بله... گاهی. اما قبلاً هم برایت گفته‌ام. از وقتی تو به دنیا آمدی اینجا را بیشتر از تفلیس دوست دارم.

رضا لبخندی زد و سرش را به بازوی مادر فشرد و گفت:

ـ چرا ما برای دیدن فامیل پدرم به آلاشت نمی‌رویم؟

ـ راه سختی دارد. برای بچه‌ها سخت است. ببین نبات خانم و نونوش‌خانم هیچ‌وقت با بچه‌هایشان نمی‌آیند. وقتی بزرگ شدی به آنجا خواهیم رفت.

ـ من بزرگ شده‌ام.

ـ بله، اما حالا زود است. یک وقتی خواهیم رفت.

نوش‌آفرین بارها این پرسش که: «چرا ما به آلاشت نمی‌رویم» را، از رضا شنیده بود. ولی هیچ‌وقت دلش نیامده بود برای او شرح دهد که چرا از آلاشت گریخته و چرا نمی‌توانند به آنجا بروند. او حتی وقتی سفر آمدنش از آلاشت به

تهران را برای رضا تعریف کرده بود همه چیز را گفته بود جز دلیل سفر را. نمی‌خواست ذهن رضا را در کودکی نسبت به خانواده پدرش تیره کند.

این بار نیز نوش‌آفرین درحالی‌که با انگشتانش موهای پُرپشت و سیاه رضا را نوازش می‌کرد، حرف را عوض کرد و او را فرستاد سراغ عبدالله که به او بگوید: «بهتر است بیرون خانه منتظر میهمانانشان باشد».

نونوش‌خانم در تمام چهارسال گذشته، هربار که به تهران می‌آمد، به بهانه‌ای خودش را به آنجا می‌رساند و ساعاتی را با او و رضا مشغول می‌شد. شوهرش ابوالحسن‌خانِ یاور به دلیل کارهای نظامی و تجاری که داشت باید سالی یکی‌دو باری به تهران می‌آمد و نونوش‌خانم هم همیشه با او بود. ابوالحسن‌خان و کافیه کنیز مورد علاقه نونوش‌خانم هم که در همه‌ی سفرها آن‌ها را همراهی می‌کرد، تنها کسانی بودند که می‌دانستند نونوش به دیدن نوش‌آفرین و رضا می‌رود. او این دیدارها را هر بار به بهانه‌ای انجام می‌داد؛ رفتن به بازار، یا دیدار قوم و خویش‌هایی که در تهران زندگی می‌کردند و یا رفتن به باغ طوطی، سر خاک عمویش عباسعلی‌خان و زیارت شاه عبدالعظیم و...

نوش‌آفرین همانطور که نگاهش به بیرون پنجره بود، در غیبت رضا، به این فکر کرد که تصمیم تازه‌اش را چگونه با نونوش‌خانم درمیان بگذارد. می‌دانست که این بار حرف‌های زیادی دارد تا با او بگوید؛ که مهم‌ترین‌اش احتمال ازدواج او با آچیل بود. تصویرهای آن‌چه که در چند روز گذشته بر او رفته بود، مرتب در ذهن‌اش تکرار می‌شد. تصویرهایی که اگرچه برایش شیرین بودند، اما در تصمیم‌گیری به او کمکی نمی‌کردند. از هر دری وارد می‌شد رضا مقابلش نشسته بود و با چشمان درشت سیاهش که همیشه برقی از پرسش در آن بود، نگاهش می‌کرد.

***

فردای میهمانی منورالدوله، در شلوغی رفت‌وآمد خدمه برای جمع‌وجور کردن ریخت‌وپاش‌هایی در حیاط، دو بار در خانه زده می‌شود و عبدالله دو

نامه دریافت می‌کند؛ یکی از سوی جناب ناتورییگ برای حکیم علی‌خان و دیگری از نایب جعفر برای او.

اولی با درخواست ملاقات برای خواستگاری؛ و دومی، نامه‌ای با چند جمله کوتاه:

چندی‌ست پس از سال‌ها حال افسرده بنده، با خیال وجود مبارک محترمه نشـاطی آورده و روح خسـته و قلـب رنجدیـده مـرا روشـن کرده اسـت. به‌عرض دستبوسی خدمت شما و جناب حکیم علی‌خان مصدع هستم. با آرزوی آن که اختیار مابقی عمرم را به دست شما بسپارم.

تصدق شما ـ چاکر آچیل

آچیل از عبدالله می‌خواهد: «فقط به دست عِلیه نوش‌آفرین خانم برسد».

صدای رضا در حیاط که قاهرانه به مصطفی می‌گوید: «تو نمی‌توانی از این خط بگذری. اینجا دروازه من است»، او را به خود می‌آورد. حدس می‌زند که باز مصطفی با اسب چوبی‌اش وارد قسمتی از حیاط شده که رضا آنجا را از آنِ خودش می‌داند. نامه آچیل را تا می‌کند و آن را در جعبه‌ای که گردنبند صلیب مادر در آن است، می‌گذارد و به حیاط می‌رود.

بچه‌ها دوباره آرام شده و هرکدام درحالی‌که ژست سوارکاری را گرفته‌اند روی چوبی که با دست راست گرفته‌اند نشسته، دست‌های چپ‌شان را بالا گرفته و دور حیاط می‌گردند، آنسان که سوارکارانی در میدان جنگ.

سـاعتی بعـد، وقتـی علی‌خـان نامـه خواسـتگاری ضرغام‌السـلطان را مقابـل منورالدوله و نوش‌آفرین می‌گذارد، منورالدوله قبل از نوش‌آفرین آن را می‌قاپد و شروع به خواندش می‌کند. هنوز نامه را زمین نگذاشته که نوش‌آفرین با لبخندی نامه آچیل را از جیب بیرون می‌آورد و به سوی او می‌گیرد.

نزدیک دو ساعتی این هر سه در اتاق نوش‌آفرین نشسته و درباره این دو خواستگاری صحبت می‌کنند. منورالدوله مدت‌ها از جاه و مقام و منزلت و امکانِ ترقیـات بعدی ناتور سـخن می‌گوید، و علی‌خـان در تمـام مـدت بیشتر سـکوت

می‌کند و یا چیزهایی کلی می‌گوید، مثل «باید تحقیق بیشتری کرد»، «درست است که با خانواده تو نسبت دارد، اما نمی‌دانیم چرا همسرش با دو بچه از او جدا شده» و... و آخرِ هر جمله‌ای هم می‌گوید: «آخرش نوش‌آفرین باید تصمیم بگیرد». شاید هم این‌گونه سخن گفتن‌اش به این دلیل است که نوش‌آفرین چندبار از او گله کرده بود که «تقصیر شما شد مرا گرفتار ازدواج با عباسعلی‌خان کردید» و می‌خواهد این‌بار هیچ دخالتی در زندگی او نداشته باشد.

اما نوش‌آفرین که همان شب میهمانی تصمیم‌اش را در مورد ناتوریبگ گرفته، برای دلخوشی منورالدوله و احترام به برادرش، سعی می‌کند رد کردن ناتور توجیهی منطقی داشته باشد؛ مثلاً «دیگر نمی‌خواهم از اینجا به جای دیگری پرتاب شوم. زجر زیادی کشیده‌ام تا به این شهر و دیار عادت کرده‌ام.»... یا «حالا دیگر اینجا وطن من شده. زادگاه رضاست و نمی‌خواهم او را هم مثل خودم دربدر کنم.»...، «می‌دانم ناتوریبگ از نظر مالی شانس بزرگی برای من است. من و بچه‌ام دیگر نیازمند کسی نخواهیم بود اما...» و نمی‌گوید که علاوه بر این‌ها، دلش به‌سختی گرفتار آچیل است، و به جایش می‌گوید: «سر عباسعلی‌خان هم درست همین‌طور شد. به دلم فکر نکردم و فکر کردم آدم خوبی‌ست، مرفه هم که هست مرا هم که دوست دارد. اما یک ماه نشد که پشیمان شدم و...».

منورالدوله هم که از شب قبل کم‌وبیش دریافته که نوش‌آفرین دلش گرفتار آچیل شده، و درعین‌حال می‌داند نوش‌آفرین کسی نیست که وقتی تصمیمی می‌گیرد بشود بشود مانع‌اش شد. ناگهانی از جا می‌پرد و گونه نوش‌آفرین را می‌بوسد و درحالی‌که دستش را دور گردن او انداخته با خنده‌ای می‌گوید:

ـ تو از من و علی‌خان عاقل‌تر هستی. حتماً می‌دانی چه می‌کنی.

و علی‌خان هم لبخندی می‌زند و بدون آن‌که نوش‌آفرین سخنی درباره آچیل گفته باشد می‌گوید:

ـ تا آنجا که من می‌دانم نایب‌جعفر آدم خوبی‌ست. همه از او تعریف می‌کنند. سخت‌کوش و مثل خودت آرام است. نمی‌دانم وضع مالی‌اش چطور است، اما به‌ هر‌ حال به نظر می‌آید زندگی خود و فرزندش را خوب می‌گرداند و محتاج کسی نیست. البته تو خیالت راحت باشد که اگر خواستی به او شوهر کنی باز هم اینجا خانه خودت است و...

نوش‌آفرین سر پایین می‌انداخت و حرف برادرش را می‌برد:

ـ تو و منورجان همیشه به من محبت داشته‌اید. قدرش را می‌دانم. در مورد نایب‌جعفر هم بله، او آدم بدی به‌نظر نمی‌آید، اما باید با او حرف بزنم. نمی‌توانم الآن چیزی به شما بگویم. اگر اجازه دهید می‌خواهم با او به تنهایی حرف بزنم.

***

نوش‌آفرین تمام جمعه و شنبه‌ای که منتظر نونوش‌خانم بود، آرامش نداشت. انواع فکرها در سرش می‌چرخید. می‌دانست برادرش به‌احتمال زیاد دیر یا زود به آلمان خواهد رفت و این را هم مطمئن بود که منورالدوله هم به همراه او خواهد رفت. و همه‌ی هراس او از این بود که اگر با مردی ازدواج کند، عموهای رضا پس از ازدواج، جا و مکان او را خواهند دانست و رضا را از او خواهند گرفت. درعین‌حال نمی‌دانست که پس از ازدواج، واکنش رضا نسبت به آچیل چه خواهد بود و بچه‌ی دوساله‌ی او چگونه برخوردی با آن وضعیت خواهد کرد.

خوشحال بود که نونوش‌خانم در آن شرایط به دیدنش می‌آمد و می‌توانست با او به‌راحتی مشورت کند. نونوش‌خانم برخلاف منورالدوله که در این‌طور مواقع احساساتی و هیجان‌زده می‌شد، منطقی و دورنگر بود. مهم‌تر این‌که بهتر از هر کسی با کارها و عملیات خانواده پدریِ پسرش آشنا بود و می‌توانست به او بگوید واکنش آن‌ها با شنیدن خبر ازدواج نوش‌آفرین چه خواهد بود.

فصل بیست و چهارم

نوش‌آفرین با دیدن درشکه‌ای که مقابل خانه ایستاد، از جا پرید و به‌سرعت از پله‌ها پایین دوید و قبل از آن‌که به در حیاط برسد، نونوش‌خانم و کافیه با چادرها و روبنده‌هایی سیاه وارد شدند و به دنبالشان عبدالله با دو بسته‌ای که حمل می‌کرد.

نوش‌آفرین با دیدنشان آغوش گشود، ابتدا نونوش‌خانم و سپس کافیه را بغل گرفت و هر سه به سوی پله‌ها رفتند.

در اتاق بیرونی، سنبل و رضا منتظرشان بودند. نونوش با دو حرکت، بندِ چادر کمری‌اش را گشود و آن را از خود جدا کرد و به سوی رضا دوید. رضا بدون هیچ مقاومتی تن به آغوش و بوسه‌های او داد.

ـ چه بزرگ شده‌ای پسر، ماشاالله داری برای خودت مردی می‌شوی.

لبخندی کنترل شده بر لبان رضا نشست و نوش‌آفرین چشمکی به نونوش‌خانم زد و گفت:

ـ بله که بزرگ شده... به زودی به مکتب می‌رود.

نونوش‌خانم رضا را تنگ‌تر در آغوش گرفت:

ـ به به گل پسر!

پس از برخاستنِ رضا، کافیه منتظر بود و بلافاصله رضا را بغل گرفت و کیسه‌ی بزرگی را کنار او گذاشت و گفت:

ـ برایت "پشت‌زیک" و "آبدندون" آوردم، از همون شیرینی‌هایی که دوست داری.

سنبل از نگاه نوش‌آفرین دریافت که باید اتاق را ترک کنند. با صدای آرامی رو به رضا گفت:

ـ مصطفی منتظر است. نمی‌خواهی شیرینی‌هایت را به او نشان دهی؟

لحظاتی بعد، رضا و کافیه و سنبل به اندرونی رفتند، همان‌جایی‌که بی‌بی‌حمیده و مصطفی منتظرشان بودند و چون دفعات قبل، نوش‌آفرین و نونوش‌خانم را در کنار سفره‌ای از شیرینی‌جات و تنقلاتی که به دستور منورالدوله آنجا پهن کرده بودند تنها گذاشتند.

نونوش‌خانم قبل از این‌که بنشیند، دوباره نوش‌آفرین را بغل گرفت و بوسید و با خنده‌ای گفت:

ـ راستی قرار است رضا به مکتب برود؟! خوب است تو رضایت داده‌ای او را از خانه بیرون بفرستی!

ـ راستش دلم حسابی شور می‌زند. البته دادش مکتب‌خانه خوبی می‌شناسد که خیلی نزدیک است. سالی فقط پنج بچه قبول می‌کند و قرار است هرروز عبدالله آن‌ها را ببرد و برگرداند.

ـ خُب، خدا را شکر. حال و احوال خودت چطور است؟ به نظر خسته می‌رسی.

ـ حالم خوب است، اما دیشب و پریشب خوب نخوابیدم.

ـ باز هم نگرانی برای رضا؟!

ـ هم رضا و هم چیزهای دیگر.

پیش از آن‌که نونوش‌خانم که با چشمانی پُر از پرسش به او نگاه می‌کرد حرفی بزند، نوش‌آفرین بدون مقدمه گفت:

ـ نونوش جان اگر من بخواهم ازدواج کنم و برادرهای عباسعلی‌خان بفهمند، می‌توانند رضا را از من بگیرند؟

نونوش لحظه‌ای به او خیره شد و بعد با صدایی بلند خندید:

ـ به به، مبارک است. با کی؟

نوش‌آفرین گویی که قصه‌ای را تعریف می‌کند، با آرامش ماجرای چند هفته گذشته را برای نونوش تعریف کرد، از دیدارهای تصادفی‌اش با آچیل تا خواستگاری او و خواستگاری ناتوربیگ و شغل و گذشته و سن و سال تقریبی هر کدام‌شان.

با این‌که نوش‌آفرین نظر خودش را درباره این دو خواستگار نگفته بود، نونوش خانم از نوع سخن گفتن نوش‌آفرین در مورد خواستگارها یقین کرده بود کسی را که دل نوش‌آفرین را برده آچیل است. نونوش سری به تأیید تکان داد و گفت:

ـ خُب، مبارک است. منتظر چی هستی؟! جواب این آقای آچیل؟! نایب‌جعفر را داده‌ای؟

ـ نه، هنوز نه. یعنی تا خیالم از بابت رضا آسوده نشود، نمی‌توانم جواب قطعی به کسی بدهم.

ـ رضا؟!

ـ بله. من نمی‌دانم که آیا رضا، آچیل‌بیگ را به‌عنوان پدر می‌پذیرد یا نه؟ و بعد هم نمی‌دانم رابطه او با پسر آچیل چگونه خواهد بود. هنوز پسر آچیل را ندیده‌ام.

ـ این‌که ناراحتی ندارد. اولاً رضا اولین بچه‌ی بی‌پدری نیست که مادرش ازدواج می‌کند، باید بپذیرد. تو باید حالی‌اش کنی. به نفع خودش خواهد بود. در مورد بچه آچیل هم فکر می‌کنم رضا کم‌کم با او اُخت خواهد شد. بچه‌ها خیلی زود با هم اُخت می‌شوند.

ـ نمی‌دانم. ولی من حتماً باید با آچیل‌بیگ هم صحبت کنم. می‌خواهم خودم او را بشناسم، نه با گفته‌های دیگران. اما مشکل اصلی من این است که

اگر ازدواج کنم و عموهای رضا بفهمند آیا می‌توانند او را از من بگیرند؟ من این قانون‌ها را نمی‌دانم.

نونوش‌خانم کمی جا به جا شد و گفت:

ـ ای بابا، این شد مشکل؟! اونا اگر بفهمند که تو ازدواج کرده‌ای خوشحال هم خواهند شد. چون خیال‌شان راحت می‌شود که نه تو و نه رضا دیگر نمی‌توانید مدعی سهم‌تان از مال و منالی که بالا کشیده‌اند، بشوید. رضا را برای چی از تو بگیرند؟

چهره نوش‌آفرین با شنیدن این حرف باز شد. نفس عمیقی کشید و به مخده تکیه داد

ـ راست می‌گویی؟

ـ البته که راست می‌گویم. دیگر نگران دزدیدن او هم نخواهی بود. چون پس از ازدواج، شوهرت می‌شود سرپرست او.

و با خنده‌ای افزود:

ـ ما هم آزاد می‌شویم و می‌توانیم راحت‌تر تو و رضا را ببینیم.

و بعد گویی چیزی یادش آمده باشد، گفت:

ـ راستی، نبات سه تا کیسه برنج و چیزای دیگه با کاروان شیرخان برایت فرستاده که باید همین روزها برسد. می‌خواست قبل از ماه رمضان به دستت برسد. حالا اگر بفهمد داری شوهر می‌کنی، خیلی خوشحال می‌شود که خوب وقتی به دستت می‌رسد.

ـ دستش درد نکند. شماها چرا این کارها را می‌کنید. من چگونه می‌توانم تلافی کنم. بعد هم من هنوز معلوم نیست که...

ـ که چی؟ که شوهر کنی؟ تو که در تصمیم‌گیری‌ها همیشه شجاع بوده‌ای. اگر مردی را پیدا کرده‌ای که دلت بهش بند شده، تا ماه رمضان نیامده تصمیم بگیر. امروز و فردا نکن.

فصل بیست و پنجم

چهار بعدازظهر سه‌شنبه ششم تیر ۱۲۶۱، نوش‌آفرین و آچیل در بیرونی خانه علی‌خان پشت میز گرد کوچکی، بر صندلی‌های لهستانی روبروی هم نشسته بودند. نوش‌آفرین لباسی ساده و آرایش کمی داشت. روسری نازکی بر سر انداخته بود، کوتاه‌تر از آن‌که بشود موهای اطراف پیشانی و دو گیسوی بافته شده‌اش را که با هر نفسی روی پستان‌هایش تاب می‌خوردند، بپوشاند.

روی میز، تنگی از شربت آلبالو و دو لیوان بود و ظرفی از شیرینی‌هایی که نونوش خانم از سوادکوه آورده بود. جز آن دو، هیچ کسی در اتاق نبود، اما سروصدای رضا و مصطفی که در حیاط بازی می‌کردند و به‌دنبال هم می‌دویدند، از در و پنجره‌های گشوده به حیاط به گوش آن‌ها می‌رسید. سنبل زیر راهرویی که درهای بیرونی به آن باز می‌شد، روی آخرین پله‌ای که به حیاط می‌رسید نشسته بود و اگرچه چشمش به بچه‌ها بود، اما گوشش به اتاق بیرونی بالای سرش بود و جسته‌وگریخته کلمات نوش‌آفرین و آچیل را که به ترکی با هم سخن می‌گفتند، می‌شنید.

علی‌خان و منورالدوله بر تخت چوبی فرش شده‌ای، که درختی انباشته از

توت بر آن سایه انداخته بود، لم داده بودند و به آرامی گفتگو می‌کردند. اما دلشان در اتاقی بود که نوش‌آفرین و آچیل آنجا بودند.

منورالدوله مثل همیشه که در لحظات هیجان مدام حرف می‌زد، از زمین و زمان و از خطر احتمالی حمله بریتانیا به شهرهای جنوبی عثمانی می‌گفت. اما علی‌خان بیشتر ساکت بود. او با این‌که به دلیل بزرگ شدن و درس خواندن در تفلیس، مانعی برای ملاقات یک زن و مرد نمی‌دید، اما به شدت نگران بود. از دو روز پیش که قرار این ملاقات گذاشته شده بود، چندین‌بار به خواهرش و منورالدوله سفارش کرده بود که موضوع ملاقات خصوصی خواهرش و نایب‌جعفر از خانه به بیرون درز پیدا نکند.

به رسم آن‌روزگار ایران، زن و مرد تنها پس از عقد می‌توانستند یکدیگر را ببیند یا با یکدیگر سخن بگویند. البته در بین معدود خانواده‌های تحصیل‌کرده، پس از نامزدی و قطعی شدن ازدواج، دیدار و یا گفتگوی زن و مرد کمتر مشکل ایجاد می‌کرد. اما از آنجایی‌که نوش‌آفرین گفته بود «این ملاقات فقط برای آشنایی‌ست و ممکن است نتیجه‌اش سرانجامی نداشته باشد»، علی‌خان را نگران کرده بود. اما منورالدوله این نگرانی را بیهوده می‌دید.

ـ الآن دیگر در حرم شاه هم دخترها با خواستگارانشان روبرو می‌شوند و گفتگو می‌کنند.

ـ آن حرم شاه است. حرف و سخن‌هایی هم درباره روابط دختران شاه و حتی زنان شاه با مردان غریبه هم هست. کی جرأت دارد که بازخواستی کند. اما این شایعات برای امثال ما باشد زندگی‌مان تباه می‌شود.

منورالدوله می‌دانست اشاره علی‌خان به شایعاتی بود که در طی سال‌ها در میان مردمان طبقه بالا دهان به دهان می‌گشت. از ارتباط مادر شاه که تا زنده بود، مردانی شبانه به کاخ او رفت‌وآمد می‌کردند، تا خواهرزنِ شوهردار ناصرالدین‌شاه که با وزیرمختار انگلیس رابطه‌ای عاشقانه برقرار کرده بود و تا

روابطی که برخی از دختران و حتی زنان ناصرالدین‌شاه با مردان به‌ظاهر خواجه و یا مردانی که از بیرون کاخ به بهانه‌های مختلف به دیدن آن‌ها می‌رفتند، و یا تا صیغه‌های شاه که به بهانه خرید و دیدن اقوام و رفتن نزد حکیم با معشوقی که بیرون کاخ داشتند ملاقات می‌کردند و اگر هم کسی می‌فهمید، هرکدام به نوعی سروصدایش خوابانده می‌شد.

منورالدوله برای راضی کردن علی‌خان به او اطمینان داده بود که این ماجرا به خوبی خواهد گذشت:

ـ شما نگران نباشید. کسی توی این خانه نیست که خبرچینی کند. تازه ملاقات را وقتی گذاشته‌ایم که شما خانه هستید. مردم چه می‌دانند که نایب‌جعفر برای دیدار نوش‌آفرین می‌آید یا شما. او بارها از سوی کامران‌میرزا به اینجا آمده بود. تازه یک‌بار هم برای معالجه سردردهای خودش به اینجا آمد.

اگرچه زمان برای منورالدوله و علی‌خان کُند می‌گذشت، اما وقتی نوش‌آفرین و آچیل پس از کمتر از یک‌ساعت بر بالای پلکان رو به حیاط ظاهر شدند، آن‌ها یقین کردند که نوش‌آفرین جوابی رد به آچیل داده است. با این حال، منورالدوله از جا برخاست، روسری‌اش را مرتب کرد و به سوی آن‌ها رفت. پایین پله‌ها از دیدن برق چشمان آچیل و صورت گل انداخته و لبخند زیبایی که بر لبان نوش‌آفرین بود دریافت اشتباه می‌کرده و نوش‌آفرین از این ملاقات راضی است.

فقط یک ساعت پس از آن بود که نوش‌آفرین خبر ازدواج‌شان را برای قبل از رسیدن ماه رمضان به آن‌ها اطلاع داد.

فصل بیست و ششم

مراسم عقد نوش‌آفرین و آچیل‌بیگ، درست ده روز پس از گفتگوی آن‌ها، صبح جمعه، شانزدهم تیر ۱۲۶۱ بی‌هیچ تشریفاتی، در محضر ملاحمید اصفهانی، بدون حضور نوش‌آفرین و با حضور علی‌خان و آچیل‌بیگ برگزار شد.

نوش‌آفرین حتی از ترس این‌که خاطرات تلخ جشن ازدواج با عباسعلی‌خان برایش تکرار شود، به برادرش وکالت داده بود همان‌طورکه رسم آن‌زمان بود، به‌عنوان وکیل او در مراسم عقدکنان شرکت کند.

به دوستان و فامیل هم گفته بودند به بهانه این‌که ماه رمضان در راه است و آن‌ها نمی‌خواهند ازدواج‌شان را یک ماه عقب بیندازند، عجولانه این کار انجام گرفته است و وقتی برای جشن ندارند. با این حال، منورالدوله «برای آن‌که بعدها حرف و سخنی دنبال خانواده نباشد»، نوش‌آفرین را راضی کرده بود که چندتن از افراد نزدیک فامیل، همان شب برای شام دورهم جمع شوند: برادر نوش‌آفرین یاور ابوالقاسم و همسرش، زن عموی نوش‌آفرین همراه با دو عموزاده و همسرانشان، مادر و پدر و زن برادر منورالدوله، و خواهر و شوهر خواهر آچیل به همراه دختر چهارساله‌شان و حدیک‌جان پسر سه‌ساله آچیل.

منورالدوله با هیجان به تک‌تک آن‌ها توضیح داده بود، از آنجایی‌که خانه‌ی داماد آماده نیست، مدتی را عروس و داماد و بچه‌ها در خانه آن‌ها می‌مانند و البته با این افزوده که: «علی‌خان و من از خدا می‌خواهیم که آن‌ها همیشه با ما باشند اما خودشان ترجیح داده‌اند خانه‌ای مجزا داشته باشند».

با همه‌ی ظاهرسازی‌های منورالدوله، این ازدواج و این توضیحات بیش از آن‌که برای میهمانان ــ‌به‌ویژه زن‌عموی نوش‌آفرین که زنی به‌شدت مذهبی و مشکوک به همه چیز بودــ کمی غیرعادی به نظر می‌آمد. برای خود منورالدوله و حتی علی‌خان هم عجیب بود که نوش‌آفرین بدون هیچ اطلاعی از خانه و زندگی و درآمد آچیل، به آن سرعت به ازدواج با او تن بدهد. حتی با همه کنجکاوی‌های منورالدوله، آن‌ها ندانستند که در آن روز و در اتاق بیرونی خانه‌شان، ظرف یک‌ساعت چه گفتگویی بین آن دو برقرار شده بود که نوش‌آفرین به آن سرعت تصمیم به ازدواج با آچیل گرفت. گذشته از آن‌ها، آچیل هم تا آخرین لحظه‌ای که در آن اتاق بود، انتظار نداشت نوش‌آفرین توی چشم‌های او نگاه کند و با قاطعیت و شجاعت آن‌گونه با او سخن بگوید.

***

ـ با تو ازدواج می‌کنم. اما این را بدان که رضا برای من از همه‌چیز در جهان عزیزتر است. اگر ذره‌ای آزار شود با تو نخواهم ماند. اگر هم زن دیگری به زندگی‌ات بیاید باز هم با تو نخواهم ماند.

آچیل عاشقانه به نوش‌آفرین نگاه می‌کند. اکنون بیش از زیبایی‌اش مجذوب شجاعت و اعتمادبه‌نفس او شده است. بدون کمترین مکثی سر تکان می‌دهد و می‌گوید: «می‌دانم و می‌پذیرم».

لبخندی درخشان صورت نوش‌آفرین را روشن می‌کند. از جای برمی‌خیزد. آچیل نیز بلند می‌شود و روبروی او می‌ایستد. نوش‌آفرین این‌بار با ملایمت می‌گوید:

ـ اگر مایل باشید پس از ازدواج، یک ماه در این خانه می‌مانیم تا رضا و پسر شما به هم عادت کنند. و مهم‌تر بپذیرند که ما زن و شوهر هستیم.

فصل بیست و هفتم

دو روز پس از ازدواج، نوش‌آفرین، رضا را به منورالدوله و سنبل سپرد و با آچیل به دیدن خانه‌ای که از آن پس قرار بود خانه او و پسرش هم باشد، رفتند.

آچیل از شش سالگی، در خانه‌ی قدیمی کوچکی در راسته «درخوان‌گاه»، در محله‌ی سنگلج تهران زندگی می‌کرد؛ خانه‌ای که پدر و مادرش پس از فروشِ دار و ندار خود در قره‌باغ و مهاجرت به ایران، خریداری کرده بودند. پس از مرگ پدر و مادر، خانه از آنِ آچیل شد و مغازه عطاری پدر که همزمان با خانه خریداری شده بود، از آنِ خواهرش. شوهر خواهر آچیل هم عطار بود. در واقع از نوجوانی زیردست پدر اچیل کار کرده و به فوت و فن این شغل آگاه بود. عطاری که از مشاغل پُرزحمت و نسبتاً پُردرآمدِ آن دوران به حساب می‌آمد، شغل آبا و اجدادی خانواده آچیل بود. حتی مادر آچیل و خواهرش هم با عطاری آشنا بودند و به‌نوعی کمک‌دست شوهر بودند.

پدر آچیل خیلی سعی کرد که او را هم با دارو و داروفروشی آشنا کند، اما آچیل از سیزده‌ـ چهارده‌سالگی جذب کارهای نظامی شد و به‌عنوان سرباز به قشون ناصرالدین‌شاه پیوست. از آنجایی‌که آچیل برخلاف بیشتر سربازان،

خوانـدن و نوشـتن را خـوب می‌دانسـت و عـلاوه‌بـر فارسـی، به زبان ترکـی هـم مسـلط بـود، به سـرعت پیشـرفت کـرد و بعـد هـم به جمـع نگاهبانـان ویـژه کامران‌میرزا درآمد.

آچیل پس از مرگ همسـر جوانش گوهر، یکی از اتاق‌های خانه را که در زیرزمین بود، به زن و شوهری کم‌بضاعت داد و به جای کرایه، از زن که به‌تازگی نوزادش را از دست داده بود خواست تا به پسرش، "حدیک‌جان"، شیر بدهد و از او نگاهداری کند. با این‌حال، هفته‌ای چند روز آچیل صبح‌ها قبل از رفتن سر کار، کودکش را به خانه خواهرش که خانه‌ای نزدیک او داشت، می‌برد و غروب با او به خانه بازمی‌گشت.

درشکه در چنددصد متری مسجد حاج رجبعلی در گذر «درخوان‌گاه» ایستاد. آچیل و نوش‌آفرین از کالسکه پیاده شدند و به سوی کوچه‌ای که خانه آچیل در انتهای آن بود، راه افتادند.

راسته درخوان‌گاه در محله سـنگلج ـ بزرگ‌تریـن و پُرجمعیت‌تریـن منطقه تهـران بـود ـ دو قسـمت داشـت. قسـمتی کـه متعلـق بـه «نـوکران دولـت» و شخصیت‌های بـزرگ سیاسـیِ وقـت و یـا تجّـار ثروتمند بـود؛ و قسـمتِ دیگـر که شـلوغ‌تر بـود و کاسـب‌ها و کارمندان درجه دو و سه دولت و به‌اصطلاح طبقه متوسط زندگی می‌کردند.

جلوی مسجد که نسبتاً شلوغ بود، مردان و زنانی با هم، یا جدا، جدا در حال رفت‌وآمـد بودنـد. نوش‌آفرین ایسـتاد و درحالی‌کـه بـا کنجکاوی بـه درهـا و ورودیه‌های زیبای مسجد نگاه می‌کرد، از آچیل پرسید:

ـ این جا امامزاده است؟

ـ نه. مسجد است. حدود پنجاه‌ـ‌شصت سال پیش مرحوم رستم معمارباشی اینجا را ساخت. راست یا دروغ، می‌گویند مرحوم رجبعلی که تاجر ثروتمندی بود آن‌زمان بیست هزار تومان برای ساختن این مسجد پول گذاشت. تازگی هم خانم

منیرالسلطنه دستور داده به خرج ایشان گنبد و همه‌ی نمای بیرونی و اطراف درهای ورودی را کاشی‌کاری کنند.

سپس با خنده‌ای افزود:

ـ گویا شما هنوز فرق بین مسجد و امامزاده را در این کشور نمی‌دانید؟

ـ شبیه به هم هستند. البته من فقط یک مسجد عظیم دیده‌ام در بازار که...

ـ مسجد جامع.

ـ بله همین، مسجد جامع. خیلی زیباست. با منورالدوله سه بار آنجا رفته‌ام. دو تا امامزاده هم دیده‌ام. یکی دخترپاک که بعضی‌ها می‌گفتند امامزاده نیست، شاهزاده است و یکی هم شازده عبدالعظیم، وقتی که با داداش علی‌خان به دیدن قبر عباسعلی‌خان پدر رضا رفته بودیم.

آچیل نگاهی به چهره نوش‌آفرین که از پشت پیچه توری‌اش به او نگاه می‌کرد، انداخت و با همان لبخند پُرمهر و لحنی شوخ گفت:

ـ پس کجا دعا می‌خوانید؟

نوش‌آفرین راه افتاد و در همان حال گفت:

ـ همه جا خدا هست. مگر نیست؟

ـ بله البته که همه جا خدا هست. بستگی به این دارد که ما در کجا می‌توانیم به خدا نزدیک‌تر باشیم.

ـ یعنی کجا می‌توانیم حضور خدا را بیشتر حس کنیم. راستش، من مثل مادرم وقتی که در کلیسا هستم خدا را بیشتر حس می‌کنم.

این را گفت و راه افتاد. آچیل با او همراه شد و مثل روزی که برای اولین بار در اتاق بیرونیِ خانه علی‌خان روبروی نوش‌آفرین نشسته بود و نمی‌توانست از او پرسش کند، ساکت شد.

***

چهارده ساله بودم که به ایران آمدم. در تفلیس به‌دنیا آمده‌ام. مادرم مسیحی بود و پدرم مسلمانِ اهل سنّت، اما هیچ کدام‌شان حاضر نشدند

مذهب‌شان را عوض کنند. کاری هم در این مورد به کار هم نداشتند. چهار سال بعد از آمدنم به ایران، با عباسعلی‌خان ازدواج کردم، به توصیه‌ی برادرم و اشتباه کردم. عباسعلی‌خان مرد خوبی بود، اما ما جور نبودیم. مثل پدر به او علاقه داشتم، نه مثل یار و یا شوهر. هیچ شباهتی به هم نداشتیم، نه از نظر سنی و نه از نظر روحی.

✳✳✳

آچیل دلش می‌خواست همان‌روز از او بپرسد: «آیا تو هم چون مادرت مسیحی هستی؟» بعد فکر کرد برایش فرقی نمی‌کند. در مذهب او و خانواده‌اش، او می‌توانست با زنی که اهل کتاب باشد، ازدواج کند. گذشته از آن، در آن مدت کوتاه، او آنقدر شیفته نوش‌آفرین شده بود که نمی‌خواست پرسشی پیش بکشد که ممکن بود آزرده‌اش کند.

در حالی که او را به سوی کوچه‌ی باریکی هدایت می‌کرد، با احتیاط گفت:

ـ کلیساهای این شهر را دیده‌اید؟

ـ فقط یکی... چند ماه پس از آن‌که به ایران آمدم، یک روز به اصرار حسین، برادر کوچک‌ترم که حالا تبریز زندگی می‌کند، به کلیسا رفتیم. روزهای سختی داشتم. غمگین و مبهوت گوشه‌ای نشسته بودم و فقط به پدر و مادرم و وطنم فکر می‌کردم. شب‌ها نمی‌خوابیدم و به هر بهانه‌ای گریه می‌کردم. حسین مرا راضی کرد که به کلیسا برویم.

✳✳✳

با شنیدن نام کلیسا چهره‌اش گشوده می‌شود. در تفلیس به هر مناسبتی، مادرش او را با خود به کلیسا می‌برد. کلیسا برایش جایی بود سرشار از نور و عطر و تندیس‌های زیبا و نقاشی‌های رنگارنگ. جایی که یکشنبه‌ها مردمانی خوش‌پوش و معطر به آنجا می‌رفتند و به روی هم لبخند می‌زدند، بدون آن‌که یکدیگر را بشناسند با هم سلام‌وعلیک می‌کردند و کنار هم می‌نشستند. جایی بود که جوان‌هایی با لباس‌های بلند و سفید موزیک می‌نواختند و آواز

می‌خواندند و آخر سر هم کشیش می‌آمد و برای آن‌ها قصه‌های عجیب می‌گفت و شعرهای امیدبخش می‌خواند. سرش را تکان می‌دهد و به حسین می‌گوید:

ـ دلم می‌خواهد برویم آنجا، اما داداش می‌گوید اینجا مردم مسیحیان و دیگر کسانی را که مسلمان نیستند دوست ندارند. و اگرمریض‌های او بفهمند که مادرِ ما مسیحی بوده و هیچ‌وقت هم مسلمان نشد، از نان خوردن هم می‌افتیم.

ـ بله. ولی از کجا می‌فهمند؟ کسی مادرِ ما را نمی‌شناسد. خودمان را هم نمی‌شناسند. باور کن خیلی خلوت بود. دو تا زن را دیدم که به آنجا می‌رفتند، اما همه بدن و صورت‌هایشان را پوشانده بودند. تو هم می‌توانی همانطور که راحله خانم گفت لباس بپوشی و به آنجا برویم. من هم بیرون کشیک می‌دهم و مراقب هستم.

***

آچیل با احتیاط پرسید:

ـ مگر حکیم علی‌خان راضی نبود؟

ـ چرا، اما نگران بود که متعصبین، آزارمان کنند و یا مشکلی در ارتباط با کارش پیش بیاید. اما بالأخره و با اکراه پذیرفت که من و حسین برویم، ولی مراقب باشیم کسی ما را نشناسد. تا وقتی به کلیسا برسیم به من خیلی سخت گذشت. پشیمان شده بودم و می‌خواستم برگردیم. اما بعداً چقدر خوشحال شدم که با همه‌ی سختی‌ها به حرف حسین گوش کردم.

***

او و حسین بالأخره خودشان را به کلیسای "تادئوس و بارتوقیمئوس مقدس" می‌رسانند. جز یک زن و مرد در کلیسا کسی دیده نمی‌شود. زن به سبک زنان مسیحی چادر و روبنده‌ای سفید بر سر دارد و مرد سر و ریختی مثل مردان دیگر. در کلیسا کسی دیده نمی‌شود. حسین جلوی در می‌ایستد و نوش‌آفرین چادر کمری‌اش را به سختی جمع و جور می‌کند و وارد کلیسا می‌شود. بوی مطبوعی در

جانش می‌دود زیر چادر، گردنبند مادرش را از کیسه کتانی که به گردنش آویخته بیرون می‌آورد و درحالی‌که آن را درمیان انگشتانش گرفته به سکوی جلوی کلیسا نزدیک می‌شود، به‌سان مادرش در مقابل سکو زانو می‌زند، و به‌سان مادرش می‌گوید: ـ «افتخار بر پدر، پسر و روح‌القدس باد، همانطور که در آغاز بود، اکنون هست و همواره خواهد بود. آمین» و برمی‌گردد روی یکی از نیمکت‌های سمت چپ می‌نشیند. گردنبند صلیب مادر هنوز در دستش است و بلد نیست که دیگر چه باید بگوید و چه باید بکند. به دوروبَرش نگاه می‌کند. در مقایسه با کلیساهای تفلیس همه‌چیز کوچک است و ساده و محقر. بالای سرش مریم مقدس با روسری سفید و پیراهنی سرخ و خورشیدی بر سینه با لبخندی زیبا به او نگاه می‌کند. مدتی به تابلو خیره می‌شود و سپس برمی‌خیزد.

وقت خروج در راهروی نیمه‌تاریک با دیدن نقاشی رنگ و روغنی از اسکندرمیرزا شاهزاده گرجستان که به دیوار آویخته‌اند می‌ایستد، اشک از چشمانش سرازیر می‌شود، اما دیگر ملتهب نیست. آرامشی پیدا کرده که مدت‌هاست آن را گم کرده بود.

***

نوش‌آفرین نفس عمیقی کشید و گفت:

ـ دلم می‌خواست باز هم بروم، اما تا در آن محله بودیم دیگر نشد. وضع خیلی بد شده بود و نمی‌شد از خانه بیرون رفت. می‌گفتند مرده‌ها کنار سگ و گربه‌ها در کوچه و گذر افتاده‌اند. یکی از اقوام پدرم که در تأمینات کار می‌کرد، می‌گفت با چشم خودش دیده که برخی گوشت مرده می‌خوردند. هر روز کسانی می‌آیند و می‌گویند که زن یا بچه‌شان گم شده است.

آچیل به تأیید سرش را تکان داد:

ـ یادم هست. روزهای بدی بود. همان روزها بود که مادرم گرفتار وبا شد و کمتر از دو هفته از دست‌مان رفت.

ـ آه... خیلی متأسفم.

همزمان آچیل بازوی او را از روی چادر گرفت و گفت:

ـ این طرف... این طرف بیایید.

نـوش‌آفرین تکانی خـورد، گـویی از خـواب پریـده باشـد. چنـدین کوچـه را بی‌توجه به اطراف، در کنار آچیل طی کرده بود و با خودش و با او حـرف زده بـود. نگاهی به آچیل کرد و با لبخندی به در سبز کهنه و رنگ‌ورو رفته‌ای که مقابلش بود نگاه کرد. دور و برشان چند بچه از سروکول هم بالا می‌رفتند. آچیل با ملایمت بچه‌ها را کنار زد و به نوش‌آفرین گفت:

ـ بفرمایید.

از درِ دولته‌ای که با همـه‌ی رنگ‌پریدگی، دو کوبه زنانـه و مردانـه‌ی فلـزی طلایی‌رنگ بر آن برق می‌زد، گذشتند. نوش‌آفرین نقاب از چهره برداشت و به هشـتی چهارگوش سرپوشیده‌ای پای گذاشـت که کفپوشـی سنگی و دو سکوی سنگی در دو طرفش داشت.

از آنجا با سه پله به حیاط کوچک مستطیل‌شکلی می‌رسید که حوضی کوچک و آبی‌رنگ و دو باغچه در دو طرفش در میانه آن بود. حیاطی روشن که نمایی از شاخه‌های درختانی از خانه‌های مجاور از بالای دیوارهای آجری‌اش دیده می‌شد.

نـوش‌آفرین به مجـرد ورود به حیاط، جانش از عطری دلنشین انباشته شـد. گویی خوش‌آمدی بود از سوی گل‌های زرد و سفید یاس، برای ورود او به خانـه‌ی معشوقی که روز گذشته زندگی‌اش را با او گره زده بود.

درخت یاس که آن روزها به «یاس امین‌الدوله» معروف شـده بود، با انبوه شاخه‌های مملو از گل، به‌تنهایی یکی از باغچه‌های نزدیک حوض را پر کرده بود و باغچه دیگر خالی از گیاه بود.

نـوش‌آفرین کنار باغچه رفت، خـم شـد و سـینه‌اش را از عطـر گل‌هـا پر کرد، همزمان آواز پرنده‌ای که بر شاخه‌ی درختی که از خانه همسایه سرکشیده بود به وجدش آورد. سر بلند کرد و به روی آچیل خندید.

برخلاف آن‌چه آچیل گفته بود، خانه به نظرش دوست داشتنی و دلباز آمد.

***

از مال خدا، تنها یک خانه کوچک محقر دارم در سنگلج با چهار اتاق کوچک و یک زیرزمین که یک اتاقش در اختیار مرد و زنی‌ست به نام ابوذر که تونتاب حمام است و آصفه که به حدیک‌جان شیر داده است. مقدار کمی هم پس‌انداز دارم که می‌خواستم به خانه سروسامانی بدهم که همسرم فوت کرد و دیگر حوصله‌ای برای این کار نداشتم. اخلاقاً نمی‌توانم همسایه‌ام را جواب کنم، چراکه به پسرم شیر داده و از او مراقبت کرده‌اند.

***

آچیل کنارش رفت و نگاهی به دانه‌های عرق که شبنم‌وار بر پیشانی و گونه‌های او نشسته بود، انداخت و گفت:

ـ هیچ کس در خانه نیست. ابوذر سرکارش است و آصفه با حدیک‌جان نزد خواهرم هستند. می‌توانید چادرتون را بردارید.

و پس از مکثی ادامه داد:

ـ برویم بالا، خنک است.

نوش‌آفرین بدون آن‌که چیزی بگوید به سوی پله‌هایی که آچیل به آن اشاره کرده بود، رفت. پله‌ها در سمت چپ حیاط و چسبیده به دیوار و به بالکنی می‌رفت که در طبقه اول و رو به حیاط بود. سه پنجره و دری بلند در بالکن به چشم می‌خورد که همه‌شان نیمه‌باز بودند.

نوش‌آفرین وارد اتاق که شد احساس خوشی پیدا کرد. فضایی نیمه‌روشن و خنک بود. نور ملایمی از پنجره بر دو لاله سبز و قرمز روی طاقچه می‌لرزید و رنگین‌کمانی زیبا ساخته بود. چرخی زد و بند چادرش را باز کرد. چادر زیر پایش فروافتاد. بلوز کتانی سفید و نازکی بر تن داشت، با جوراب‌ها و دامنی کوتاه و سیاه‌رنگ؛ شبیه آن‌چه که آن روزها در ایران مد شده بود و به آن شلیته می‌گفتند.

موهایش برخلاف دفعات قبل، بافته نبود و با روبانی پشت سرش جمع شده بود. خم شد چادرش را برداشت و به آرامی مشغول تا کردن آن شد. چادر از دستش افتاد باز خم شد و آن را برداشت. روشن بود که دارد به شکل ناشیانه‌ای خودش را سرگرم می‌کند. نمی‌خواست نگاهش به چشم‌های آچیل که هنوز جلوی در ایستاده و مشتاقانه به او نگاه می‌کرد، بیفتد. وقتی آچیل این‌گونه نگاهش می‌کرد، برقی در آن بود که ذهنش را به‌هم می‌ریخت و پریشانش می‌کرد.

آچیل متوجه حال او شد. نگاه از او گرفت و کنار طاقچه کوچکی رفت که چسبیده به پنجره اتاق بود. لیوان رنگی بلورینی را از شربت سکنجبینی که در پارچی مسی بود پر کرد و به سوی نوش‌آفرین رفت و بدون آن‌که سخنی بگوید با یک دست چادر را از دست او گرفت و با دستی دیگر لیوان را به سویش برد. نوش‌آفرین بی‌آن‌که به او نگاه کند، لیوان را گرفت و به آرامی بر مخده‌ای که به او نزدیک بود، نشست.

هیجانی ناآشنا در درونش می‌جوشید و حس خوب و ناآشنایی به او می‌داد. دلش می‌خواست آچیل کنارش بنشیند، برخلاف دو شب پیش که نمی‌خواست به او نزدیک شود.

***

قبل از شام، منورالدوله در کوچک‌ترین اتاق بیرونی که خاص میهمانانی بود که از شهرهای دیگر می‌آمدند، آن‌ها را به دست داد و خنده‌کنان از در بیرون رفت و تنهایشان گذارد. در کنارِ دیوار، رختخوابی با ملافه‌هایی سفید و بالش‌هایی مخملین و شرابی‌رنگ پهن است و سفره‌ای نزدیک آن چیده شده با مقداری خوراکی و نوشیدنی.

نوش‌آفرین بدون هیچ حرکتی میان اتاق ایستاده است. آچیل به سوی سفره می‌رود، کنار آن می‌نشیند. از قاب پلویی رنگین شده از زعفران و خلال‌پسته و تکه‌های سرخ شده گوشت، چند قاشق در بشقابی می‌ریزد و به سوی نوش‌آفرین می‌گیرد و می‌گوید:

ـ بنشیند و غذایی بخورید. ندیدم از صبح تا حالا لب به چیزی زده باشید.

نوش‌آفرین به آرامی کنار سفره و دور از رختخواب می‌نشیند و بشقاب را از او می‌گیرد.

ـ حال خوشی ندارم. از این مراسم خوشم نمی‌آید...

سرش را پایین می‌اندازد و درحالی‌که با نوک قاشق دانه‌های برنج را جابه‌جا می‌کند، می‌گوید:

ـ چرا ما نباید با دیگران شام بخوریم.

و نمی‌گوید که چقدر نگاه کنجکاو رضا که او و آچیل را وقت بیرون آمدن از اتاق تماشا می‌کرد، آزارش داده است و نمی‌گوید دلش می‌خواهد آن شب را هم مثل همیشه با رضا غذا بخورد و در اتاق خودش و در کنار رختخواب رضا بخوابد؛ با این‌که منورالدوله به او قول داد که آن شب را در اتاق رضا خواهد خوابید اما او همچنان آرام ندارد.

این‌ها را نمی‌گوید، اما یک‌بند حرف می‌زند، از زمین و زمان، از تفلیس، از مادر و پدرش، از جشن‌های عروسی و رقص‌ها... آه رقص کارتولی... رقص عاشقانه عروس و داماد... رقصی که قرن‌های قرن است که هیچ عروس و دامادی بدون آن به حجله نرفته‌اند...

و آچیل صبور و آرام می‌نشیند و با اشتیاق تماشایش می‌کند و به حرف‌های او گوش می‌دهد، تا وقتی نوش‌آفرین که به قول خودش از دو شب قبل را نخوابیده بود، سر بر بالش می‌گذارد و به خوابی عمیق فرو می‌رود، بی‌آن‌که آچیل حتی شانس لمس کردن دست‌هایش را که فقط یک‌بار و پس از عقد آن‌ها را بوسیده بود، داشته باشد.

***

آچیل به آرامی کنار نوش‌آفرین نشست و دست او را در دست گرفت. نوش‌آفرین لبخندی زد و سرش را به پشتی تکیه داد و چشمانش را بست. آچیل

به آرامی سر در گردنش فرو برد و نفسی عمیق کشید. عطر خوش نرگس‌های وحشی، جانش را تازه کرد. نوش‌آفرین به سویش چرخید و بدون هیچ کلامی در گرمای آغوش او فرو رفت.

***

نوش‌آفرین از شنیدن گفتگویی از خواب پرید. نگاهی به دور و برش کرد. خود را در اتاقی خلوت و بدون هیچ تزئینی یافت، با یک گلیم قرمز رنگ و چند مخده و پشتی‌های کبودرنگ که در دو طرف اتاق ردیف شده بود و جلوی هر کدام میزی کوتاه قرار داشت. سرش را بالا گرفت، دو چراغ لاله سبز و سرخ روی تنها طاقچه اتاق و درست روبروی او بودند. تازه متوجه شد کجاست و فکر کرد چرا هیچ چیز جز این دو لاله را وقت ورود به اتاق ندیده بود. یادش نمی‌آمد چه وقت و چگونه خوابش برده بود. عشق‌بازی طولانی‌شان به سرعت از ذهنش گذشت و یادش آمد که سر بر بازوی آچیل گذاشته بود، وقتی که دیگر نفس‌اش از لذتی مطبوع و ناآشنا به شماره افتاده بود.

همه‌ی این‌ها بیشتر از چند ثانیه نبود، هراسان ملافه‌ای را که رویش بود کناری زده و عجولانه لباس‌هایش را که به دقت کنارش تا شده بود، بر تن کرد و در حالی‌که موهای رها شده‌اش را می‌بافت، برخاست و پشت تنها پنجره اتاق که رو به بالکن و حیاط بود رفت. کنار حوض، آچیل لباس پوشیده خم شده بود و با حدیکجان که در کنار اصفه ایستاده بود، حرف می‌زد.

این سومین باری بود که حدیکجان را می‌دید. دو باری که او را در خانه علی‌خان دید، از او خوشش آمده بود. بچه‌ای آرام و بی‌سروصدا بود. اولین روزی که قبل از ازدواج با آچیل به خانه علی‌خان آمد، برخلاف بیشتر بچه‌ها در این سن، با هیچ‌کس غریبی نمی‌کرد. منورالدوله و نوش‌آفرین او را بدون هیچ مقاومتی بغل کردند و لحظاتی بعد به‌راحتی به دنبال رضا و مصطفی که می‌خواستند او را وارد بازی‌شان کنند، راه افتاد.

فصل بیست و هشتم

نوش‌آفرین و رضا خیلی زود با زندگی جدیدشان خو گرفتند. نوش‌آفرین خوب می‌دانست آن‌چه او را با این سرعت به این زندگی پیوند داده، عشق است. چیزی که در نوجوانی یک‌بار به سراغش آمده بود و اکنون به شکلی کامل‌تر و ملموس‌تر همه وجودش را تسخیر کرده بود. در عین حال می‌دید برخلاف تصور قبلی‌اش، رضا، نه‌تنها از ازدواج او و تغییر خانه ناراحت نشده، بلکه به نظر می‌آمد که در خانه تازه‌اش احساس راحتی و استقلال بیشتری هم می‌کند. شاید به این خاطر که در خانه جدید از بکن ـ نکن‌های منورالدوله و علی‌خان که نسبت به تربیت بچه‌ها حتی از مادرش سختگیر بودند، خبری نبود و او برای بازی‌ها و ساعت‌های خواب و بیداری‌اش، آزادی‌های بیشتری داشت. رابطه‌اش با آچیل هم خوب بود. آچیل رفتاری پدرانه و توأم با مهربانی با او داشت. می‌دانست که او عاشق لباس نظامی‌ست و هربار که از کار به خانه بازمی‌گشت، کلاه نظامی‌اش را سرِ رضا می‌گذاشت و می‌گفت از حالا به بعد نوبت توست که نگهبانی کنی. و رضا خوشحال و خندان با کلاه دور خانه می‌گشت و به حدیک‌جان که دنبالش راه می‌افتاد حرف می‌زد و یا فرمان می‌داد.

پـس از ازدواج آن‌هـا، روزهای تعطیـل بـرای گـردش و تفـریح به خیابان‌ها و محله‌هـای شلوغِ پُررفت‌وآمد می‌رفتند و با افرادی که بچه داشتند معاشرت می‌کردند. رضا از دیدن همه‌ی آن‌چه‌هایی که هیچ‌وقت ندیده بود هیجان‌زده می‌شد و لذت می‌برد.

آچیل برخلاف علی‌خان به هنر علاقه داشت و گاهی نوش‌آفرین و بچه‌ها را برای شنیدن موسیقی، و یا نمایش‌های خنده‌آوری که در تکیه دولت اجرا می‌شد، می‌برد.

تکیـه دولـت، اولیـن آمفی‌تئاتر ایرانـی پـس از اسـلام بـود کـه به دسـتور ناصرالدین‌شـاه و بـه تقلیـد آمفی‌تئاترهـای انگلیس، زیـر نظـر دوسـتعلی‌خان معیرالممالک ساخته شده بود. این بنای مستطیل‌شکل مجلل و باشکوه، با طاق‌های هلالی و غرفه‌های زیبایش، الهام گرفته از شیوه معماری ایرانی قبل از اسلام بود.

به خواست شاه این بنا را که ابتدا با نام آمفی‌تئاتر خوانده می‌شد، در نزدیک کاخ سلطنتی ساخته بودند تا او بتواند با زنان حرمسرایش راحت‌تر به تماشای برنامه‌ها بـرود. غرفه ویژه او و غرفه‌های زنـان حرمسرا با دیوارها و سقفی که طرح‌هـای زیبایی بر آن نقاشی شده بود، در بالاترین‌ترین بخش بنا قرار داده شده بود

آمفی‌تئاتر پس از اجرای چند موسیقی و نمایش بسیار موفق، به‌دلیل اعتراض روحانیون به مرور تبدیل به مجالس روضه‌خوانی و تعزیه‌های مربوط به امام حسین شد و نام تکیه دولت را گرفت. با این‌حال، هنوز هر چند وقت یک‌بار برنامه‌ی موسیقی و یا نمایش‌هایی شاد نیز در آن اجرا می‌شد؛ و البته همیشه تعدادی از بلیت‌های آن، قبـل از فروش بـرای شاهزادگان و خانواده‌های آن‌ها فرستاده می‌شد. ملکه جهان، دختر ده‌ساله کامران‌میرزا که عزیزدردانه مادر بود، علاقه زیـادی بـه ایـن نمایش‌هـا داشـت و معمـولاً با دوستانش بـه دیدن این

نمایش‌ها می‌رفت. به همین دلیل همیشه سرورالدوله، همسر کامران‌میرزا، بلیت‌های زیادی در اختیار داشت که وقتی لازم نداشت آن را به عنوان هدیه به آچیل و یا نگهبانان دیگر و نوکران کامران‌میرزا می‌داد.

اما همه این آرامش و خوشی‌ها برای آن‌ها چندماه بیشتر دوام نیاورد و با رفتن رضا به مکتب، زندگی روی تلخی را به آن‌ها نشان داد.

ساعت هشت صبح شنبه، سوم شهریور ۱۲۶۱ رضا در کنار نوش‌آفرین در بالای پله‌های زیرزمین خانه آچیل ایستاده و منتظر است تا آچیل او را به مکتب ببرد. کتی بلند و سیاهرنگ و کلاهی کوچک خاکی‌رنگ به‌سر دارد و به نظر از همیشه بلندتر می‌آید. او همیشه از کودکی نسبت به بچه‌های هم‌سن خود، قد و جثه‌ای بزرگ‌تر داشت به‌طوری‌که همیشه دو ـ سه سالی بیشتر از سن‌اش دیده می‌شد. حدیکجان سه‌ساله درست نصف قد او در کنارش ایستاده و مثل زمان‌هایی که دسته جمعی به گردش می‌روند، دست رضا را گرفته و به او چسبیده است. او در همان چند ماه به‌شدت به رضا علاقمند شده و چون بچه‌گربه‌ای مدام به دنبال او راه می‌افتد. رضا با او مهربان است و سعی می‌کند به او بازی‌هایی را که می‌داند یاد دهد و البته گاهی هم به او امر و نهی می‌کند که با اعتراض نوش‌آفرین روبرو می‌شود.

وقتی بالأخره آچیل با کیسه سفیدرنگی که در آن کله‌قند و مقداری برنج و حبوبات برای دستمزد ملای مکتب گذاشته، از پله‌های زیرزمین بالا می‌آید نوش‌آفرین سعی می‌کند که حدیکجان را از رضا جدا کند. درحالی‌که او را بغل گرفته، می‌خواهد به او بفهماند که چرا نمی‌تواند با رضا برود و مرتب می‌گوید:

ـ تو نمی‌توانی به مکتب بروی. باید صبر کنی وقتی بزرگ شدی، رضا تو را به مکتب می‌برد.

و رضا هر بار با شنیدن این جمله لبخندی بر لبانش ظاهر می‌شود.

آچیل نیز خم می‌شود و درحالی‌که بر گونه‌های حدیکجان بوسه می‌زند، او هم گفته‌ی نوش‌آفرین را تکرار می‌کند:

ـ وقتی بزرگ شدی، با رضا به مکتب خواهی رفت.

وقتی آچیل و رضا از در بیرون می‌روند، نوش‌آفرین درحالی‌که همچنان حدیکجان را در آغوش دارد و موهای او را نوازش می‌کند، روی آخرین پله‌ای که حیاط را به ایوان بالا وصل می‌کند، می‌نشیند. خوشحال است که ازدواج او با آچیل، علاوه‌براین‌که برای او عشق و شادمانی و آرامش آورده، شروع زندگی تازه‌ای برای رضا نیز هست و او می‌تواند آغاز زندگی اجتماعی‌اش را بدون ترس از دزدیده شدن شروع کند.

در سه ـ چهار روز اولی که رضا به مکتب رفت، همه‌چیز به نظر عادی می‌آمد. اما درست در اولین روز هفته‌ی دوم، یک ساعت پس از آن‌که آچیل، رضا را به مکتب گذاشت، او با سر و رویی ژولیده، لنگان لنگان به خانه بازگشت و روبروی مادرش که در کنار حوض در حال شستن ظرف بود، ایستاد و فریاد زد:

ـ من دیگر به مکتب نخواهم رفت.

و اشک از چشمانش فروریخت.

نوش‌آفرین هراسان به سویش شتافت. نمی‌دانست چه شده و چرا رضا می‌لنگد. هرچه از او می‌پرسید که: چه شده؟ چرا می‌لنگی؟ رضا زل زده به او فقط گریه می‌کرد. آصفه خانم که به شنیدن صدای رضا از زیرزمین بیرون دویده بود، درحالی‌که به کف پای رضا اشاره می‌کرد، به نوش‌آفرین حالی کرد که او در مکتب کتک خورده است:

ـ چیزی نیست نوش‌آفرین‌خانم نگران نباشید، حتماً ملا فلک‌اش کرده است.

ـ فلک؟!

وضـعیت آمـوزش بـه‌ویژه دوره ابتـدایی در ایرانِ آن‌روزگـار، بـسیار بـد و تأسف‌آور بود. هیچ قانونی برای کودکانی که به مکتب می‌رفتند، نبود. در آن‌زمـان، هـر ملایـی کـه مـی‌توانسـت انـدکی قرآن بخوانـد و شـرعیات بدانـد، می‌توانست مکتبی باز کند و تعدادی کودک پنج تا هفت ساله را بـه‌اصطلاح درس دهد و تربیت کند.

در هـر گذری، چنـد مکتب‌خانـه ابتدایـی بـود. انـدک مکتب‌هـای دخترانـه را زنانی که به آن‌ها باجی می‌گفتند، اداره می‌کردنـد و فقط به دخترها شـرعیات و خوانـدن قرآن درس می‌دادنـد. اما دختـرها اجازه نداشـتند نوشتن بیاموزند، زیرا علما می‌گفتند: «نوشتن دختران را سر به هوا و فاسد می‌کند».

مکتب‌هـای پسرانه را هم اغلب یک آخوند اداره می‌کرد. مکتب‌دار، بخش کوچکی از زیرزمین یا دکان خود را کـه معمولاً تاریک و نمناک بـود، مکتب‌خانه می‌خواند و هـر تعدادی از بچه را کـه به او مراجعه می‌کردنـد، می‌پذیرفت.

مکتب‌دار معمولاً ابتدا الفبا (حروف هجا ـ از الف تا ی) و حـروفِ اَبجَد (الفبای عربی) را به بچه‌ها مـی‌آموخت و سـپس شـرعیات و احادیثی مذهبی و نمـاز و روزه و سـپس از رو خوانـدن بخش‌هـای کـوچکی از قـرآن را کـه بـه آن (عَمّه جُزء) می‌گفتند. بچه‌ها معمولاً روی یک حصیر یا پارچه‌ای کهنه می‌نشستد و میرزا یا ملا، که بیشتر آدم‌هایی کم‌سواد و عبوس و تندخو بودند، بر تشکچه‌ای می‌نشستند و کنارشان همیشه ترکه‌ای قرار داشت برای زدن بر سر و دست و پای کودکانی که حرف او را نمی‌فهمیدند و یا لحظه‌ای حواس‌شان به جای دیگری جز او متوجه می‌شد.

یکی از چیزهایی که در این مکتب‌خانه‌ها همیشه آماده بود، دَم و دستگاه فلک کردن بچه‌ها بود. به این ترتیب که کودکی را کـه بازیگوشی می‌کرد و یا مشق شب خود را ننوشته بود و یا تلفّظِ کلمات ثقیلِ عربی را یاد نمی‌گرفت، می‌خواباندند و مچ دو پای او را به چوبی می‌بستند. دو نفـر از بچه‌ها موظف

می‌شدند دو طرف چوب را بگیرند و ملای مکتب با ترکه‌های خیس، به کف پای کودک می‌زد، و گاه آنقدر که او از حال می‌رفت.

البته در آن زمانه هنوز در کشورهای دیگر دنیا ـ حتی برخی از کشورهای اروپایی که از سیطره کلیسا رها شده و آموزش امروزی و مدرن پیدا کرده بودند ـ تنبیه بدنی برای کودکان بدرفتار یا گریزان از آموختن، کم‌وبیش وجود داشت. اما فرق‌اش این بود که بچه‌های ایران برای ندانستن و نفهمیدنِ زبانِ ملا، از همان روزهای اول تنبیه می‌شدند.

این بچه‌ها تازه وقتی که کلمات عربی را که معنای هیچ‌کدام آن‌ها را نمی‌فهمیدند یاد می‌گرفتند، باید قرائتِ سوره‌هایی از قرآن را، همزمان با آموزش زبان فارسی بی‌آن که معنایش را بدانند را از بَر می‌کردند.

نوش‌آفرین که خود دوران ابتدایی را در کشوری چون تفلیس و به زبان روسی تمام کرده بود و خواندن و نوشتن فارسی را هم در چهارده‌ـ پانزده سالگی به‌طور خصوصی یاد گرفته بود، تصورش این بود که با یاد دادن الفبای فارسی به رضا، او بسیار آسان نوشتن به زبان فارسی را خواهد آموخت. نوش‌آفرین، خود چیزی از زبان عربی نمی‌دانست، جز خواندن نماز که از زن عمویش آموخته بود و در طی اقامت‌اش در آلاشت، به انجام آن و گفتن آن کلمات عربی بدون آن‌که معنایش را بداند عادت کرده بود و فقط می‌دانست که این کلمات نیایشی به خداست.

راضی کردن رضا برای رفتن دوباره به مکتبی که نزدیک‌ترین به خانه‌شان بود، کارساز نشد. او از ملایی که او را به فلک بسته بود آنچنان بدش آمده بود که گاه شب‌ها وحشت‌زده از خواب می‌پرید و مادرش می‌دانست که او دوباره خواب ملا را دیده است.

نوش‌آفرین پس از یکی‌ـ دو ماه بردباری و تلاش زیاد، بالأخره رضا را راضی کرد که به مکتب دیگری برود که دورتر از خانه آن‌ها بود، اما مکتب‌دارش

به جای آخوند، میرزا بنویسی با طبعی ملایم بود. او دستمزد بیشتری می‌گرفت اما فشـار کمتـری بـه بچـه‌ها مـی‌آورد. البتـه همزمـان، سـتاره‌خـانم، همسـر نایب‌ابوالقاسم که زنی مذهبی بود و قرآن را به خوبی می‌خواند، قبول کرده بود که رضا هفته‌ای دو بار به خانه آن‌ها برود و الفبای عربی و خواندن قرآن را یاد بگیرد. با این حال، رضا تا آنجایی که می‌توانست، از خواندن قرآن که معنای آن را نه خودش می‌فهمید و نه ستاره‌خانم، خودداری می‌کرد و همچنان ترجیح می‌داد تا به کمک نوش‌آفرین یا آچیل کتاب‌هایی را که فارسی یا ترکی یا روسی بود، بخواند.

ستاره‌خانم هم مرتب او را نصیحت می‌کرد:

ـ اگـر قرآن را یـاد نگیـری، ممکن اسـت دوبـاره فلـک شـوی. قرآن کلام خداست. همانطورکه خواسته، ما باید آنقدر آن را بخوانیم تا سوره‌هایش را حفظ شویم.

ـ من هیچ‌وقت نمی‌توانم آن را حفظ کنم.

ـ چطور کتاب‌های دیگر را حفظ کرده‌ای؟

ـ برای آن‌که معنای آن‌ها را می‌فهمم.

ـ آن‌ها به دردت نمی‌خورند. اگر قرآن را حفظ کنی، بزرگ که بشوی بهت می‌گویند آقای باسواد و همه‌جا جایت است.

هر بار که رضا حرف‌های ستاره‌خانم را برای نوش‌آفرین تعریف می‌کرد، نوش‌آفرین با خنده‌ای به او می‌گفت: فقط دو سال است. همین دو سال را اگر به حرف‌های ستاره‌خانم و میرزای مکتب گوش کنی، بعدش راحت می‌شوی. می‌توانی به مکتبی بروی که همه چیز را به فارسی می‌خوانند.

فصل بیست و نهم

صبح چهارشنبه، اول فروردین ۱۲۶۲ خورشیدی، خانه منورالدوله و علی‌خان از عطر شیرینی و گلاب و بوی غذاهای نوروزی انباشته بود. در بزرگ‌ترین اتاق خانه در یک طرفِ کرسی بزرگی که در گوشه‌ای از اتاق قرار داشت، نایب ابولقاسم و همسرش ستاره و در طرف دیگر منورالدوله و نوش‌آفرین نشسته و گرم گفتگو بودند. رضا و مصطفی با توپی که نوش‌آفرین با پارچه‌های رنگارنگ برایشان درست کرده بود، بازی می‌کردند و حدیکجان با طبلک و وق‌وق صاحب و اسباب‌بازی‌های دیگری که دور و برش بود، ور می‌رفت.

نوش‌آفرین و آچیل و بچه‌هایشان و ابوالقاسم و همسرش، دو روزی بود که به اصرار علی‌خان و منورالدوله به خانه آن‌ها آمده بودند. سفر علی‌خان به آلمان قطعی شده و قرار بود بیستم فروردین همراه با منورالدوله و فرزندشان تهران را به مقصد آلمان ترک کنند. به همین دلیل از آن‌ها خواسته بودند که ایام عید را باهم باشند. به‌ویژه که آن سال عید، برف و سرما بیداد می‌کرد و به همین دلیل مردم سعی می‌کردند کمتر در کوچه‌ها و گذرگاه‌هایی که انباشته از گِل و برف و یخ بود، رفت‌وآمد داشته باشند. در چنان وضعی، علی‌خان و آچیل صبح خیلی

زود به قصد رفتن به کاخ گلستان، از خانه بیرون رفته بودند تا بتوانند به عنوان میهمانان کامران‌میرزا در مراسم سلام نوروزیِ شاه شرکت کنند.

ناصرالدین‌شاه هر سال نوروز را طی تشریفاتی باشکوه در کاخ گلستان برگزار می‌کرد و همه‌ی شاهزاده‌ها و بزرگان و کارمندان و وابستگان آن‌ها نیز می‌توانستند در آن مراسم شرکت کنند.

نوروز هزاران‌ساله برای ایرانیان، بزرگ‌ترین جشنی بود که نه‌تنها در دوران قاجاریه، که از دوران باستان و زمان کوروش بزرگ در ایران برگزار می‌شد. البته پس از فتح اعراب نومسلمان سیصدواندی سال، یعنی تا وقتی‌که آن‌ها نیز به‌ناچار پذیرای نوروز شدند، برگزاری نوروز و دیگر جشن‌های ایرانی ممنوع بود و مالیات‌های سنگینی برای برگزاری آن‌ها وضع کرده بودند. با این‌حال، در تمام آن دوران‌های تلخ نیز، از چند روز به نوروز مانده مردمان در سراسر ایران، پنهانی آتش می‌افروختند، لباس‌های رنگی و نو می‌پوشیدند، و در خانه‌ها طبل و کُرنا می‌نواختند و به جشن و پایکوبی مشغول می‌شدند.

بیشتر شاهان ایرانی، حتی مذهبی‌ترین و دیکتاتورترین‌شان سعی می‌کردند در روزهای نوروزی بهترین جشن‌ها و مراسم مختلفی را برای شادی و سرگرمی مردم برگزار کنند و از جنگ و خشونت پرهیز کنند، تا جایی که کسی چون نادرشاه که به دلیل جنگ‌های پیروزمندانه‌اش، اروپاییان به او لقب ناپلئون شرق داده بودند و در زمان جنگ و صلح همیشه با شمشیری بر کمر در همه‌جا ظاهر می‌شد، به شادی نوروز که معمولاً دو هفته طول می‌کشید شمشیر از کمر برمی‌داشت.

در میان شاهان قاجار، از آنجایی که ناصرالدین‌شاه از همه بیشتر اهل جشن و سرور بود، در دوران او مراسم نوروز در ایران مفصل برگزار می‌شد، هر سال در صبح اولین روز فروردین در کاخ گلستان، آیین سلام و آیین نوروز در تالار موزه انجام می‌شد. جز هیئت وزیران و درباریان و صاحب‌منصبان عالی‌رتبه و

دیپلمات‌های سفارتخانه‌ها که جاهای معین از پیش‌تعیین شده‌ای در تالار موزه داشتند، بقیه به نسبتِ مقام و منزلت‌شان در سالن‌های مختلف و در اطراف میزهای پُر از شیرینی و آجیل و حتی در گوشه و کنار باغ پخش می‌شدند.

شاه سر ساعت شش، با تشریفاتی به تالار موزه وارد می‌شد و روی مخده‌ای زربفت می‌نشست و بر پشتی مرواریددوزی تکیه می‌زد. دانه‌های جواهرات مختلف بر لباس و کلاهش زیر نور شمع‌ها و چراغ‌هایی که در هر گوشه و کناری روشن بود برق می‌زد. در دو طرف او، برخی از روحانیون سرشناس، رئیس‌الوزرا و وزرا، دیپلمات‌های خارجی، شاهزادگان و نزدیکان شاه نشسته بودند.

ساعت شش‌ونیم مراسم دعای نوروزی همراه با خواندن آیه‌ای از قرآن شروع می‌شد و پس‌ازآن، ظهیرالدوله، داماد و رئیس تشریفات دربار، سبدی از سکه‌های نقره را مقابل شاه قرار می‌داد و یکی‌یکی میهمانانی که در تالار موزه بودند، نـزد شـاه مـی‌رفتنـد، تعظیمـی مـی‌کردنـد و عیـدی خـود را از دسـت او می‌گرفتند.

در همین‌زمان، در بزرگ‌ترین تالار اندرونی حرم ناصری نیز ملکه انیس‌الدوله بر تخت نشسته بود و زنان حرمسرا و همسران وزرا و سفرای خارجی با هدایایی؛ از شیرینی‌ها و مرباهای دست‌پخت گرفته تا سکه‌های یک تومانی و جواهرت ریز و درشت به دیدن او می‌رفتند. از آنجا که انیس‌الدوله در نزد شاه بسیار محترم و عزیز بود، از او می‌خواستند تا واسطه شود شاه کسی را ببخشد، یا عزیز دارد، و یا حتی مقامی به او بدهد. انیس‌الدوله تنها کسی بود که می‌توانست در مورد مسائل سیاسی نیز از شاه به‌راحتی چیزی بخواهد و یا حتی با او مخالفت کند.

در آن دوران، علاوه‌بر جشن‌هایی که در کاخ گلستان و کاخ‌های دیگر انجام می‌شد، حکومت جشن‌هایی عمومی نیز برای عامه مردم تدارک می‌دید. از مسابقات اسب‌سواری و کُشتی گرفته تا برنامه‌های تفریحی که بزرگ‌ترین‌اش در میـدان توپخانـه تهـران بـود. در ایـن جشـن، بنـدبازان و تردستان، عملیات

سرگرم‌کننده و هیجان‌انگیزی اجرا می‌کردند، دلقک‌هایی که در پوست شیر و خرس رفته بودند، به هنرنمایی مشغول می‌شدند. عنتربازها با حیوانات دست‌آموز خود برنامه‌های خنده‌آوری اجر می‌کردند و در تمام روزهای نوروزی تا سیزده‌به‌در، نقاره‌خانه مشغول نواختن موسیقی بودند. غیر از آن، افرادی هم با طبل و کرنا در کوچه و خیابان راه می‌افتادند و آهنگ‌های شاد می‌نواختند و مردم با سخاوت به آن‌ها عیدی می‌دادند.

همزمان با خبر بازگشت علی‌خان و آچیل، در خانه جنب‌وجوشی برقرار شد. علی‌خان و آچیل، پوستین‌هایی را که به دور خود پیچیده بودند، فروانداختند و خنده‌کنان به اتاق وارد شدند و تا گردن به زیر کرسی فرورفتند. عبدالله که ساعتی پیش، به زور رضا و مصطفی را از میان برف‌های حیاط به اتاق کشانده بود، مشغول پارو کردن بخش‌هایی از حیاط بود که راهی از ساختمان به قسمت مستراحی که در گوشه حیاط بود، باز شود.

در اتاق بیرونی، سنبل و مبارک دست به‌کار قرار دادن قاب‌های پلوی زعفرانی و مرغ بریان و ماهی و فسنجان بر سفره‌ای سبزرنگ شدند که بته جقه‌ای‌های زردوزی شده‌ی عنابی رنگی داشت. این سفره‌ای بود که منورالدوله با جهیزیه‌اش به خانه علی‌خان آورده بود و هر سال برای نوروز از آن استفاده می‌کرد، حتی وقتی که هیچ میهمانی نداشتند.

نوش‌آفرین به سراغ بچه‌ها رفته بود تا آن‌ها را برای شستن دست‌ها و غذا خوردن آماده کند و منورالدوله همچنان زیر کرسی نشسته بود و چشم از علی‌خان و آچیل برنمی‌داشت. منتظر بود یکی‌شان سر را از لحاف بیرون بیاورد و به پرسش‌های او پاسخ دهد، تا مثل همیشه بتواند فضاهای مردانه‌ای را که در آن حضور نداشته برای خودش مجسم کند و مهم‌تر این‌که از شنیدن تازه‌ترین خبرهای دربار محروم نماند.

فصل سی‌ام

یکی از خبرهایی که بالأخره منورالدوله توانست در روز اول نوروز به‌دست آورد، خبر ازدواج بی‌بی‌خانم بود. زنی بیست‌وچهار ـ پنج ساله، بلندبالا و خوشرو که دو سال بود عشق و عاشقی او با نایب موسی، یکی از مهاجران قراباغ، سر زبان‌ها افتاده بود.

پدرِ بی‌بی‌خانم از خانواده استرابادی‌ها بود و مادرش خدیجه ملاباجی ندیمه مخصوص شکوه‌السلطنه، همسر ناصرالدین‌شاه و معلم برخی از زنان دربار و دایی‌اش یکی از علمای معروف آن‌زمان که اجازه نمی‌داد او با یک نظامی مهاجر بی‌بضاعت که چهار سال هم از بی‌بی‌خانم کوچک‌تر بود، ازدواج کند.

علی‌خان در مراسم سلام، از یکی از نزدیکان کامران‌میرزا شنیده بود که بالأخره ازدواج آن‌ها با وساطت تاج‌الدوله و عفت‌السلطنه، از همسران ناصرالدین‌شاه، مورد قبول خانواده او قرار گرفته و عقد و ازدواج‌شان بی‌سروصدا انجام شده است.

عفت‌السلطنه و تاج‌الدوله دو ـ سه سالی بود که کتابخانه‌ای برای خودشان در حرمسرا درست کرده بودند و جلساتی هفتگی برای کتاب‌خوانی و شعرخوانی و

نطق و خطابه داشتند. در این جلسات، چهل ـ پنجاه زن از داخل و بیرون حرمسرا شرکت می‌کردند و علاوه بر جمع‌آوری شعرها و مطالبی از کتاب‌های منتشر شده مربوط به زنان که از اروپا یا عثمانی می‌آمد، درباره وضعیت ناهنجار زنان ایران و مقایسه‌ی آن با زنان فرنگی صحبت و گفتگو می‌کردند. بی‌بی‌خانم از محبوب‌ترین فعالین و ناطقین این جلسات بود.

یکی از مواردی که به‌تازگی در این جلسات مطرح شده بود، گفتگو درباره انتشار نسخه خطی کتابی بود به نام "تادیب‌النسوان" که در بین مردهای باسواد طبقه بالا دست‌به‌دست می‌گشت و از گفتگوهای رایج آن روزها بود. کسی نمی‌دانست نویسنده این کتاب کیست. اما از شیوه نوشتارش حدس می‌زدند که یکی از شاهزادگان مسن قاجاری‌ست. او در این کتاب از مردان می‌خواست تا دختران و زنان خودشان را وادار به خواندن آن کرده و حتی آن را در مکتب‌خانه‌ها آموزش دهند. در این کتاب درباره آداب زندگی کردن زنان از خوردن و خوابیدن گرفته تا راه رفتن آن‌ها تعلیم داده شده بود و دست‌به‌دست مردان می‌گشت.

***

اگر مردی دست زن خود را بگیرد و بخواهد آن را در آتش اندازد آن ضعیفه باید مطیع باشد، ساکت و خاموش باشد، ابا و امتناع ننماید.

زن باید قدم‌ها را آهسته بردارد و سخن را نرم و ضعیف بگوید، مثل کسی که از ناخوشی برخاسته باشد. در راه رفتن، چون بیماران، بدون شتاب و کُند راه برود و باسن‌اش را نجنباند.

زن باید مانند کودک به وسیله مرد تربیت شود، فرمانبردار شوهر باشد، در روابط جنسی مطیع باشد، همیشه شرمنده و خجول باشد جز در رختخواب.

***

در همین جلسات بود که بی‌بی‌خانم با صدای رسا و خوش‌آهنگی که داشت سخنرانی‌های پُرشوری می‌کرد و در ارتباط با مطالبی که در "تادیب‌النسوان" نوشته شده بود، یادداشت‌های خود را می‌خواند. معمولاً دو کاتبی که در

خدمت عفت‌السلطنه بودند و همیشه در این جلسات حضور داشتند، به‌سرعت آن‌ها را می‌نوشتند و به حاضران می‌دادند.

***

خواهران، گوش به پند و اندرزهای نویسندگان "تأدیب‌النسوان" و افرادی از این‌قبیل ندهید. این مریبان زنان که خود را نادره دوران می‌دانند، بهتر است که به اصلاح صفات رذیله خود برآیند. آنان می‌دانند که این نصایح برای تأدیب ما نیست و برای اثبات ظالم بر مظلوم است. این مریبان نه‌تنها برای ما کاری انجام نداده‌اند، که مملکت را هم به نیستی کشانده‌اند. ما که در حرم اندرون و کنج مطبخ بودیم، پس این‌همه فساد را اینان برپا کردند.

تمام زن‌های نجیب تربیت‌شده عالِم به چندین علم، در سر میز با مردان اجنبی می‌نشینند، و وقت رقص دست مردان اجنبی را گرفته می‌رقصند. اما آداب اسلام دیگر است. زن‌های ایران تمام گرفتار خانه‌داری و خدمتگزاری می‌باشند، علی‌الخصوص زن‌های رعیت. مصنف سلیقه شخصی خود را دستورالعمل قرار داده، چنانچه گفته زن باید از شوهر دور بنشیند. این‌هم همان فرض خدمتکاری‌ست که سابقاً کمینه عرض نمود، والا الفت و محبت و عاشقی و معشوقی با این رسم و این قسم اختلاف کلیه دارد که به هیچ قسم تصور نمی‌توان نمود. خداوند هوش کرامت فرماید.

***

این‌روزها، این گفته‌های بی‌بی‌خانم گوش‌به‌گوش در همه‌جا پیچیده بود و برخی از زنانی که سواد خواندن و نوشتن داشتند، آن‌ها را دوباره‌نویسی کرده و به یکدیگر می‌دادند.

منورالدوله خودش از طریق زن برادرش که در این جلسات شرکت می‌کرد، این یادداشت‌ها را می‌گرفت و در میهمانی‌ها ی زنانه‌اش می‌خواندند و از این‌که زنی پیدا شده این‌گونه پاسخ نویسنده "تأدیب‌النسوان" را بدهد، غرق غرور و شعف می‌شدند.

فصل سی و یکم

در تیرماه ۱۲۶۲ ناگهان ناصرالدین‌شاه تصمیم گرفت که برای دو ـ سه ماه به خراسان برود تا ماه رمضان را در جوارِ حرم امام رضا باشد. همزمان به ابراهیم امین‌الملک وزیر دربار و خزانه‌دار، دستور داد که عمارت زیبای اندرونی کاخ گلستان را که از آثار دوران فتحعلی‌شاه بود خراب کرده و عمارتی بزرگ‌تر بنا کنند. این اقدام برای آن بود که در یکی ـ دو سال پیش ازآن، مرتب زنان تازه‌ای به حرمسرای شاه افزوده شده بودند. به نظر می‌آمد که شاه هرچه پیرتر و ناتوان‌تر می‌شد، علاقه‌اش به داشتن زنان بیشتر افزایش پیدا می‌کرد؛ زنانی که بسیاری‌شان حتی یک‌بار هم با او همبستر نشده بودند.

در همین سال‌ها شایعاتی درباره نوعی بیماری مقاربتی ناصرالدین‌شاه شنیده می‌شد. این شایعه از آنجا بود که زنانی از حرم گفته بودند که غلام مخصوص او موظف شده هر صبح زیرشلواری خونی او را پنهانی بردارد و بلافاصله سربه‌نیست کند.

چون امین‌الملک ناگزیر بود که در سفر خراسان همراه ناصرالدین‌شاه باشد، به سرعت دست‌به‌کار شد و پس از تهیه پروژه ساختمانی ـ آنگونه که شاه

می‌خواست ـ از چندین معمار سرشناس خواست تا کار ساختن عمارتی نو را شروع کنند.

معماران توانستند به‌سرعت کارها را انجام داده و همانگونه که امین‌الملک می‌خواست، اندرونی کاخ گلستان را همزمان با بازگشت شاه آماده کنند، اما امین‌الملک نتوانست نتیجه تلاش‌های خود را ببیند، زیرا در راه سفر به بجنورد فوت کرد.

امین‌الملک از مسیحیان گرجیِ اسلام‌آورده بود که در کودکی یتیم و به عنوان اسیر به ایران آورده شده بود. او به دلیل هوش و زیرکی خاصی که داشت، از نظافتچی یک دکه در بازار تبدیل به بازرگانی موفق و ثروتمند شد، به‌طوری‌که توجه و علاقه ناصرالدین‌شاه را جلب کرد و وارد دربار ناصری شد. در آنجا نیز به سرعت پیشرفت کرد و شاه آنچنان به او اعتماد پیدا کرد که به او لقب «امین‌الملک» داد. او همچنین همزمان صاحب چندین شغل مهم بود؛ از جمله وزیر دربار، مسئول انبار غله مرکز، مسئول ضراب‌خانه و خزانه و گمرکات و مشاغلی دیگر.

شاه از مرگ ابراهیم‌خان امین‌الملک به‌شدت افسرده شده بود و به مجرد رسیدن به تهران تمام مشاغل او، به انضمام وزارت دربار و لقب امین‌السلطانی را به پسر او میرزا علی‌اصغرخان که در آن هنگام جوانی ۲۶ ساله بود، منتقل نمود. چیزی که کامران‌میرزای نایب‌السلطنه را که از دیرباز با علی‌اصغرخان رابطه خوبی نداشت، به شدت ناراحت کرده بود.

فصل سی و دوم

شـش هفته پـس از رفتن علی‌خان و منورالدوله، آچیل کـه هـر روز وقتی از کار بازمی‌گشت سری به پست خانه می‌زد تا نامه‌ای را که نوش‌آفرین منتظرش بود دریافت کند، با نامه‌ای از علی‌خان به خانه بازگشت و پس از بوسه‌ای بر چهره نوش‌آفرین، پاکتی را که در جیب‌اش پنهان کرده بود بیرون کشید و آن را به‌عنوان هدیه‌ای قیمتی به سوی او گرفت. نوش‌آفرین نگاهی به پاکت نسبتاً بزرگی که تمبری با عکسی از شیر و خورشید و عنوان «پست ممالک محروسه ایران» بر آن دیده می‌شد انداخت و هیجان‌زده آن را از دست آچیل قاپید.

تازه چهار ـ پنج سالی بود که به همت میرزاحسین‌خان، سپهسالار، سیستم پستی تازه‌ای به ریاست میرزاعلی‌خان امین‌الدوله در ایران شروع به کار کرده و جایگزین چاپارخانه شده بود. قرن‌ها بود که چاپارخانه‌ای که به‌عنوان یک سیسـتم مـنظم پسـتی در دوران داریـوش بـزرگ به‌وجود آمـده و الگـویی بـرای امپراتوری‌های دیگر شده بود، به مرور اهمیت خود را از دست داده بود و فقط در پـی جنگ‌های بین ایران و روسیه در دوران قاجار، شـکل ناقصی از آن بـرای ارتباط سریع مناطق جنگی کارآیی پیدا کرده بود.

نوش‌آفرین در گوشه‌ای نشست و نامه را که فرستنده‌اش به نام علی‌خان بود باز کرد. نامه بلندی به خط و امضای منورالدوله بود با این جمله که «نوش‌آفرین عزیزم را قربان می‌روم».

تازه به انزلی رسیده بودند و تمام نامه، شرح حال گذشتن از راه‌های سخت کوهستانی و طی کردن رشته کوه‌های البرز بود با کاروانی که نود درصد آن مردها بودند و...

خدا را صدهزار مرتبه شکر که هرسه سلامت هستیم و فردا به‌سوی بندر آسترخان روسیه خواهیم رفت. کاروان‌دارها می‌گویند راه‌ها خیلی بهتر خواهد بود و بالأخره می‌رسیم به قطاری که ما را به آلمان خواهد برد. چقدر همیشه آرزو می‌کردم سوار قطارهای اروپا شوم... خدمت نایب‌جعفر سلام من و علی‌خان را برسان. رضا جانم را می‌بوسم.

نوش‌آفرین نفس عمیقی کشید و به روی آچیل که همچنان وسط اتاق ایستاده بود، خندید:

ـ همه چیز به خوبی گذشته. منورالدوله و داداش به تو سلام رسانده‌اند. آن‌طورکه منورالدوله نوشته، باید همین روزها به آلمان برسند.

آچیل نیز نفسی به راحتی کشید و کنار نوش‌آفرین نشست.

ـ راه سختی را رفته‌اند. داداش شانس آورده که چنین زن شجاعی دارد. من می‌دانم این همه روز در کاروان نشستن و از آن کوه‌ها و تپه‌ها گذشتن آن‌هم با یک بچه پنج‌ـ‌شش ساله چقدر سخت است.

آچیل خنده‌ای کرد و دست‌اش را دور کمر او انداخت و گفت:

ـ مثل من که شانس آوردم زنی چون تو دارم. حالا خیالت راحت شد؟ حالا خوشحال خواهی بود؟

نوش‌آفرین در واقع، در دو ماه گذشته و به‌ویژه پس از چهارده روز سراسر شادی که در خانه علی‌خان گذرانده بودند، غمگین بود. حداقل پس از ازدواج

هر یکی‌ـدو هفته یک‌بار یکدیگر را می‌دیدند، ساعاتی را گفتگو می‌کردند و بچه‌هایشان با هم بازی می‌کردند، همین برایش دلگرم‌کننده بود؛ هم استقلال و خانه خودش را داشت و هم عزیرانش را می‌دید. حالا از تصور این‌که برای مدت دو سال آن‌ها را نخواهد دید، احساس خوشی نداشت. خوشبختانه برادر دیگرش ابوالقاسم و همسرش ستاره‌خانم که زنی بسیار مهربان بود، در نزدیکی آن‌ها زندگی می‌کردند. همین طور خواهر آچیل و شوهرش نیز فقط یک کوچه با آن‌ها فاصله داشتند و گاهی‌اوقات همگی دور هم جمع می‌شدند. اما رابطه او با منورالدوله کاملاً متفاوت بود. آن‌ها با این‌که مثل هم نبودند، اما زبان هم را خوب می‌فهمیدند و احساسات یکدیگر را درک می‌کردند.

فصل سی و سوم

نوش‌آفرین و آچیل نشسته بر فرشی در بالکن رو به حیاط، و تکیه داده بر مخده‌ای با هم گفتگو می‌کردند. جلویشان سفره‌ای کوچک پهن بود با مقداری نان و پنیر و سیب‌زمینی سرخ شده و یک بطر شراب خانگی و دو گیلاس بلورین. هوای غروب اوایل تابستان تهران مثل همیشه مطبوع و فضا انباشته از عطر یاس و انبوه گل‌های بنفشه و میمون و لاله عباسی بود که نوش‌آفرین پس از ازدواجش با آچیل، بالکن و باغچه‌ها را از آن‌ها پر کرده بود. رضا و حدیکجان در حیاط بازی می‌کردند. رضا همچنان با دستی برافراشته سوار بر اسب چوبی‌اش می‌تاخت و حدیکجان که به تازگی مدام در حال حرف زدن بود به دنبال او می‌دوید و پشت سر هم کلماتی نامفهوم می‌گفت.

آچیل مثل هر شب، حوادث و مسائلی را که در کاخ کامران‌میرزا می‌دید و می‌شنید برای نوش‌آفرین تعریف می‌کرد و از این‌که او با اشتیاق به حرف‌های او گوش می‌داد و اظهار نظرهای هوشیارانه‌ای می‌کرد، خوشحال بود.

درگیری کامران‌میرزا و میرزا علی‌اصغرخان امیرالسلطان خبر اصلی روز بود. درواقع، اختلافات چندین ساله آن‌ها کم‌کم تبدیل به دعوایی جدی و علنی شده

بود. آچیل هم مثل برخی دیگر از افراد نزدیک به کامران‌میرزا می‌دانست که موضوع اصلی اختلافات، مالی‌ست. کامران‌میرزا روزبه‌روز برای جمع کردن مال حریص‌تر می‌شد و کار به جایی رسیده بود که برای بیشتر کردن دارایی‌هایش از قدرت خود استفاده می‌کرد و خیلی‌ها از آزار و آذیت او به جان آمده بودند.

ـ دلم می‌خواهد می‌توانستم در جایی دیگر کار بگیرم. وقتی‌که شاه سرهنگ "دومنتویچ" و چند نفری را از روسیه دعوت کرد که بیایند قزاق‌ها را تعلیم دهند، اولین کسانی که رفتند، قفقازی‌های مهاجری بودند که سوارکاری می‌دانستند. مرا هم صدا کرده بودند، اما همان وقت‌ها بود که همسرم به شدت بیمار بود و من نتوانستم بروم. چون باید روزی هشت تا ده ساعت تمرین می‌کردیم.

ـ چه خوب که نرفتی. به آنجا فکر نکن. هنوز روس‌ها آنجا را اداره می‌کنند و تو نمی‌دانی که چه آدم‌های بدی هستند.

ـ بله می‌دانم، ولی وقتی قزاق‌ها اینجا قدرت بگیرند به‌راحتی می‌توانند روس‌ها را بیرون کنند و خودشان قشون را بگردانند.

ـ تو به اندازه من آن‌ها را نمی‌شناسی؛ مثل زالو هستند که وقتی به جایی چسبیدند، رهایش نمی‌کنند.

ـ البته تو درست می‌گویی، ولی همین روزها هم سر و صدای برخی از رجال درآمده. متأسفانه ناصرالدین‌شاه هم همه چیز را رها کرده و گوشه‌ای نشسته و هیچ اعتنایی به آن‌چه می‌گذرد ندارد. همین حالا که ما با هم حرف می‌زنیم لشکریان انگلیس و روس که به خاطر نظارت بر تعیین حدود افغانستان و تصرفات جدید روس در افغانستان بودند، دارند از راه ایران برمی‌گردند.

آن روزها، ناصرالدین‌شاه بیشتر اوقات در اندرونی به‌سر می‌برد و هیچ توجه و علاقه‌ای به آن‌چه در فضای مملکت می‌گذشت، نداشت. هرج‌و‌مرجی بی‌سر‌و‌صدا فضای سیاسی و اقتصادی مملکت را فراگرفته بود و او حواس‌اش به هیچ چیز

نبود؛ می‌خورد و خوابید و محبوب اول او گربه‌ای شده بود به نام ببری‌خان و بعد از او، کودکی خردسال به نام ملیجک که برادرزاده امینه‌اقدس بود که هردوی این سرگرمی‌های شاه را سرپرستی می‌کرد و برایشان مواجب و پرستار و خانه و دَم و دستگاه گرفته و خزانه‌دار حرمسرای شاه شده بود.

امینه‌اقدس همسر صیغه‌ای شاه، سعی می‌کرد که با این وسایل سرگرمی، انیس‌الدوله ملکه شاه را از میدان به‌در کند. اما از آنجایی‌که ناصرالدین‌شاه احترام خاصی برای انیس‌الدوله قایل بود و درعین‌حال انیس‌الدوله در میان رجال سیاسی و برخی از روحانیون، طرفدارانی پروپا قرص داشت، اجازه نمی‌داد که گستره دخالت‌های امینه‌اقدس از حرمسرا به بیرون کشیده شود.

در همین روزها بود که حضور نیروهای انگلیس در افغانستان برخی از دولتمردان دلسوز را نسبت به آن‌چه در منطقه می‌گذشت نگران کرده بود. لشکر انگلیس به‌خاطر نظارت بر تعیین حدود افغانستان و تصرفات جدیدشان، در افغانستان به‌سر می‌بردند و قرار بود از راه ایران به هندوستان بازگردند. در همین روزها علی‌اصغرخان امین‌السلطان از محمدحسن‌خان صنیع‌الدوله خواست تا هشدارنامه‌ای برای ناصرالدین‌شاه بنویسد:

صدور مجوز عبور ژنرال انگلیسی همراه با ۲۰۰ هزار تن از لشکریان انگلیسی، هندی و افغانی از خاک ایران از مسیر خواف، کرمان و بندرعباس و خلیج فارس بسیار حساس است و ما باید هم حواس‌مان باشد و هم حداقل از این وضعیت برای ایران بهره‌برداری‌هایی را در نظر بگیریم.

فصل سی و چهارم

گذرِ قورخانه مثل همه‌ی جمعه‌ها انباشته از جمعیت بود. یک طرف خیابان زن‌ها و یک طرف مردها. آچیل و رضا و حدیکجان دست در دست هم از میان جمعیت راهی باز کرده و خودشان را به انتهای خیابان و نزدیک به فیلخانه رسانده بودند. آچیل، رضا و حدیکجان را بر سکوی سنگی کوتاهِ کنار «سقاخانه علی‌اکبر» گذاشت تا بهتر بتوانند همه جا را تماشا کنند.

فیلخانه یک ساختمان دو طبقه وسیع بود در کنار کاروانسرای بزرگی که در دوران ناصرالدین‌شاه بیشتر جشن‌ها و عروسی‌های درباری یا تجّارِ شناخته شده در آن برگزار می‌شد. مثل همیشه دو فیل بزرگ و یک فیلِ کوچک به‌وسیله فیل‌بان‌هایشان و با موزیک مخصوص دسته موزیکِ دارالفنون، عملیات جالبی انجام می‌دادند؛ و آن‌گاه که خرطوم‌هایشان را چرخ می‌دادند و یا از حوض کوچک وسط حیاطِ فیلخانه آب برمی‌داشتند و به اطراف می‌پاشیدند، فریاد شادی از جمعیت برمی‌خاست.

فیلخانه نزدیک به هشتاد سال قدمت داشت. در واقع، از وقتی که تهران از سوی محمدخان قاجار به عنوان پایتخت انتخاب شد، و فیل‌ها را از هندوستان به عنوان هدیه برای او فرستادند، این بنا در اختیار فیل‌ها قرار گرفت.

در دوران ناصرالدین‌شاه، فیلخانه گسترش داده شده بود و به دستور او در جشن‌های نوروزی و همه جمعه‌ها (جز محرم و صفر) فیل‌ها را برای نمایش و سرگرمی مردم به خیابان می‌آوردند.

نوش‌آفرین و آچیل پس از ازدواج، برخی جمعه‌ها با رضا و حدیکجان برای گردش از خانه بیرون می‌رفتند و معمولاً اولین مقصدشان فیلخانه بود و وقتی بچه‌ها خسته می‌شدند، به سوی باغ‌ها می‌رفتند. در مسیرشان از کنار بنای ویران شده سفارت روسیه که همیشه نوش‌آفرین مدتی می‌ایستاد و به آن نگاه می‌کرد، می‌گذشتند.

از وقتی آچیل ماجرای ویران شدن سفارت را برای نوش‌آفرین گفته بود، همیشه دلش می‌خواست به آنجا سر بزند.

حدود پنجاه سال قبل، پس از پیروزی روس‌ها در جنگ با ایرانیان و قرارداد ترکمانچای، دو تن از زنان گرجی به روس‌ها پناهنده می‌شوند و به آن‌ها می‌گویند از طرف تعداد زیادی از زنان گرجی و روس آمده‌اند؛ زنانی که به‌زور مسلمان شده و در حرمسراهای مختلف رجال ایران اسیر هستند. الکساندر گریبایدوف وزیر مختار وقت روسیه در ایران، از مقامات دولتی می‌خواهد تا این زنان را به وطن‌شان بازگردانند. اما روحانیون بازار را می‌بندند و مردم را تحریک می‌کنند که به سفارت حمله کنند و وزیر مختار و اعضای سفارت را که نتوانسته بودند فرار کنند، تکه‌تکه کرده و سفارت را ویران کردند.

ـ حالا چرا این‌همه سال ویرانه مانده؟

ـ کسی جرأت ندارد آنجا را دوباره بسازد. حتی لباس‌ها و وسایل کارمندان آن‌زمان همانجا دست‌نخورده زیر آوار مانده است. برای همین سفارت روس الآن جای دیگری‌ست. روحانیون می‌گویند اینجا باید همین‌طور برای عبرت اجنبی‌هایی که قصد دخالت در امور زنان ما را دارند بماند. مردم عامی هم می‌گویند جن‌ها در اینجا خانه کرده‌اند.

ـ می‌شود بروم نگاه کنم؟

ـ نه! اگر مردم ببینند و بفهمند سروصدایشان درمی‌آید و فوری داروغه‌ها را خبر می‌کنند.

آنها سپس به سوی بازارچه قوام‌الدوله که معمولاً انباشته از جمعیت بود می‌رفتند و از مقابل دکان‌هایی که انواع خوراکی‌ها و یا پوشاک می‌فروختند عبور می‌کردند و سپس به محله بزرگی در سنگلج می‌رسیدند که محل سکونت رجال معروفی چون میرزا یوسف‌خان مستوفی‌الممالک و میرزا سعیدخان موتمن‌الملک و علی‌خان اعتمادالسلطنه بود؛ محله‌ای با باغ‌هایی وسیع و درختانی کهن. همیشه آنجا می‌ایستادند و مدت‌ها مشغول تماشای پرندگان رنگارنگی می‌شدند که فقط در آن قسمتِ شهر پیدایشان می‌شد. حدیک‌جان ذوق می‌کرد و گاه دنبالشان می‌دوید و رضا همیشه از مادر درباره تک‌تک پرندگان می‌پرسید. بعد هـم در فضـای سـبز و گسـترده‌ای کـه مردمـان روزهـای جمعـه را در آنجـا می‌گذراندند، بر چمن‌ها سفره‌ای پهن می‌کردند و ناهارشان را می‌خوردند.

اما جمعه... اولین باری بود که نوش‌آفرین نتوانسته بود با آن‌ها باشد. وقتی نمایش فیل‌ها تمام شد، آچیل برای هرکدام از بچه‌ها یک اسباب‌بازی که معمولاً کنار فیلخانه برای فروش می‌گذاشتند خرید و از بچه‌ها خواست که زودتر به خانه برگردند:

ـ بهتر است برویم خانه تا غذایمان را با مادر بخوریم.

فصل سی و پنجم

ساعت چهار بعدازظهر جمعه ششم اردی‌بهشت ۱۲۶۳، آچیل همراه با رضا و حدیکجان پس از یک راهپیمایی طولانی، خاک‌آلود و خسته به خانه بازگشتند. برخلاف همیشه خبری از نوش‌آفرین در حیاط نبود. او معمولاً با شنیدن صدای باز و بسته شدن در حیاط که در همه جا می‌پیچید، به استقبالشان می‌آمد. بچه‌ها اما گویی حواس‌شان به او نبود. به سوی اتاق خودشان دویدند تا با اسباب‌بازی‌هایی که آچیل برایشان خریده بود، بازی کنند.

هیچ صدایی از جایی نمی‌آمد. آچیل می‌دانست که آن روز آصفه با همسرش به زیارت شاهزاده عبدالعظیم رفته‌اند. نگرانی در جانش افتاد. صبح نوش‌آفرین به او گفته بود که حال خوشی ندارد و فکر نمی‌کند که بتواند آن‌روز با آن‌ها به فیلخانه برود.

***

ـ درد داری؟

ـ نه، فقط سرم گیج می‌رود. چشمانم تار است و نمی‌توانم راه بروم. فکر می‌کنم دیشب خوب نخوابیدم.

ـ لازم نیست امروز برویم.

ـ نه، نه... بچه‌ها چند روز است که برای امروز شادی می‌کنند. تو زحمت بکش و آن‌ها را ببر. من هم کمی استراحت می‌کنم.

ـ می‌خواهی به خواهرم بگویم بیاید و دوایی برایت بیاورد؟

ـ نه. دردی ندارم، نگران نباش. کمی بخوابم بهتر می‌شوم.

و با همه‌ی بی‌حالی که دارد به سختی بلند می‌شود، بچه‌ها را در آغوش می‌گیرد، با این سفارش که:

ـ آنجا شلوغ است، دست هم را بگیرید و از هم جدا نشوید.

و کیسه غذایی را که شب پیش برای ناهارشان آمده کرده به آچیل می‌دهد.

***

آچیل، پله‌ها را دو تا یکی بالا رفت و وارد اتاق شد. نوش‌آفرین بر همان مخده‌ای که روز اول به آنجا آمده بود، به آرامی خوابیده بود. کنارش لنگه جورابی نیمه تمام بر قلابی چوبی قرار داشت. آچیل به سراغش رفت خم شد و به آرامی لب بر گونه‌اش گذاشت. صورتش سرد بود. به آرامی تکانش داد: «نوشی جان نوشی. نوشی.» و سپس انعکاس فریادش که به رعدی می‌مانست در همه‌ی خانه پیچید.

لحظاتی بعد، رضا در میان دو لنگه دری که دو اتاق را به هم وصل می‌کرد، ایستاده و با چشمانی هراسان به او که میان اتاق فروافتاده بود، نگاه کرد و سپس به سوی مادر رفت، به آرامی کنارش نشست و به او خیره شد.

فصل سی و ششم

خورشید طلایـی صبحگاهی، ابرهای بهـاری سـفیدرنگ آسـمان اردی‌بهـشت را می‌شکافت و بر سر قدیمی‌ترین قبرستان تهران در شمال غربی محله‌ی سنگلج فـرود می‌آمد تا به نرمی بر تن زنی بنشیند که «چون خورشید طلوع کرده» و مادرش می‌خواست نام ملکه‌ای را بر او بگذارد که مردمان سرزمین‌اش او را چون خورشید دوست می‌داشتند.

خورشید اکنون چون پَر کاهی بردوش مردانی بود که او معنای کلماتی را که بلند می‌خواندند نمی‌دانست. مردان همان‌گونه که سنّت مسلمانان است، چنان با شتاب پیش می‌رفتند که گویی باید هرچه زودتر او را به مقصدی برسانند که در اندیشه آن‌ها جز زمحریر و دوزخ نبود.

آچیل و ابوالقاسم با چشمانی سرخ شده و لبانی که نمی‌شد فهمید از لرزش است و یا از گفتن کلماتی نامفهوم، پشت آن‌ها و در دو ـ سه قدمی‌شان تقریباً می‌دویدند و در میانشان رضا بلندتر از همیشه با صورتی سفید و چشمانی که ذراتی از خورشید در آن می‌درخشید چون تندیسی باستانی که به حرکت درآمده باشد، قدم برمی‌داشت. آنسان که اگر آچیل و دایی‌اش او را رها می‌کردند،

فرومی‌افتاد. پشت‌شان جمعی از مردان «لااله الا الله»گویان و زنان شیون‌کنان حرکت می‌کردند.

جز بیست‌ـ‌سی نفری از فامیل و آشنایان، بقیه مردمانی بودند که در طول راه از خانه تا گورستان با دیدن تابوت دنبالشان روان شده بودند؛ تا آن‌گونه که رسم ایرانیان باستانی بود، مصیبت‌دیدگان را همدرد و همراه باشند.

دقایقی بعد، وقتی خورشید بر خاکی که سبزه‌ها و گل‌های بهاری معطرش کرده بود فرو افتاد، آچیل همانگونه که دست رضا را در دست داشت، در کنار گوری که هر کسی مشتی خاک بر آن می‌پاشید، نشست. مشتی خاک با دستی که در آن گردنبند صلیبی پنهان بود برداشت و آن‌ها را بر پای نوش‌آفرین ریخت. اشک‌هایش را با پشت دست پاک کرد و وقتی که سر برداشت و به زحمت برپای ایستاد، رضا را ندید.

رضا از گورستان گریخته بود و دیگر هیچ‌وقت، هیچ‌کسی رضا را در آن گورستان ندید.

فصل سی و هفتم

عصـر پـانزدهم مـرداد ۱۲۶۴ خورشـیدی، ابوالقاسـم درِ خانـه را کـه بـاز کـرد منورالدوله و علی‌خان که شب گذشته از سفر دوسالهٔ خود به آلمان بازگشته بودند، به داخل آمدند. علی‌خان در حال روبوسی با برادرش بود که منورالدوله به حیاط دوید. هنوز به اتاق نرسیده، چادری را که بر سر داشت فروانداخت. بلوز و دامنی ساده به سبک لباس‌های روز اروپا بر تن داشت و روسری کوچک سیاهی بر سر. در آستانه در اتاق، رضا را که تقریباً هم‌قد او شده بود، در آغوش گرفت و درحالی‌که از شدت گریه هق‌هق می‌کرد، بر سر و صورت او بوسه می‌زد.

رضا سرش را پایین انداخته بود و تسلیم بوسه‌های او بود. ستاره‌خانم به آن‌ها نزدیک شد و در گوش منورالدوله گفت:

ـ منورجان این‌طور خودت و این بچه آزار می‌دهی.

منورالدوله تکانی خورد و دستمالی را از جیب دامنش درآورد و درحالی‌که مشغول پاک کـردن صورت خـود بـود، ستاره‌خانم را بغـل گرفت و از او بابت «گیجی و غفلت‌اش» پوزش خواست. بعد درحالی‌که می‌نشست، آن که سال‌ها پیش با رضا حرف می‌زد، به او گفت:

ـ برو لباس‌هایت را جمع کن و راه بیفت باید برویم، مصطفی منتظرت است.

ستاره‌خانم حیرت‌زده و با ناراحتی گفت:

ـ کجا منورخانم!؟ نزدیک شام است، یک لقمه نان و پنیر داریم که باهم بخوریم.

ـ یک‌وقت دیگر ستاره‌خانم. ما دیشب تازه از راه رسیدیم و الآن هم کالسکه جلوی در است، اجازه بفرمایید یک‌وقت دیگر. این جمعه هم میهمان ما هستید.

و دوباره به رضا گفت:

ـ چرا ایستادی، برو لباس‌هایت را جمع کن.

همزمان در حیاط ابوالقاسم با چشمانی اشک‌آلود و صدایی خفه برای برادرش علی‌خان که گفته بود، آمده‌اند رضا را ببرند، حرف می‌زد.

***

بعد از رفتن آن مرحوم، رضا دیگر حاضر نشد به خانه نایب‌آچیل برود. مکتب هم حاضر نشد برود و همه‌اش می‌گوید می‌خواهم قزاق شوم. نایب‌آچیل روزهای تعطیل با حدیکجان می‌آید و همیشه برایش یکی‌ـ‌دو تا کتاب می‌آورد و یکی‌ـ‌دو ساعتی به آن‌ها درس می‌دهد. با حدیکجان رابطه خوبی دارد. به او می‌گوید برادر، آچیل را هم دوست دارد و به حرفش گوش می‌کند. اما حاضر نیست به آن خانه برود. فکر نکنم با شما هم بیاید. اینجا قدمش روی چشم من و ستاره است، اما به حرف ما گوش نمی‌کند. روزها بیشتر می‌رود و برای خودش در کوچه و خیابان می‌گردد و غروب برمی‌گردد. یکی‌ـ‌دو بار دنبالش رفته‌ام. به همه جا سر می‌کشد و انگار که دنبال کسی یا چیزی می‌گردد، مردم را تماشا می‌کند. گاهی هم با خودش روزنامه پاره‌هایی به ترکی یا فارسی که نمی‌دانم از کجا پیدا می‌کند، به خانه می‌آورد و با دقت آن‌ها را به هم می‌چسباند و در جعبه‌اش می‌گذارد و...

***